I0679841

CROSSINGS 21

Il cucchiaio trafugato

Il cucchiaio trafugato

Angelo Spina

BORDIGHERA PRESS

Library of Congress Control Number: 2017930852

© 2017 by Angelo Spina

All rights reserved. Parts of this book may be reprinted only by written permission from the author, and may not be reproduced for publication in book, magazine, or electronic media of any kind, except for purposes of literary reviews by critics.

Printed in the United States.

Published by
BORDIGHERA PRESS
John D. Calandra Italian American Institute
25 West 43rd Street, 17th Floor
New York, NY 10036

CROSSINGS 21
ISBN 978-1-59954-112-9

Il cucchiaio trafugato

I

HESTER

Passava quasi tutti i giorni in quella città dove con sua nonna aveva vissuto i primi anni della sua vita, ma abitava dall'altra parte del fiume. Aveva scelto quella casa sulle rocce proprio perché una delle finestre si affacciava sul fiume e sul profilo inconfondibile della città. Ogni mattina appena si svegliava, Hester si affrettava alla finestra per vedere cosa facevano i grattacieli. Certe mattine non c'erano, e non c'era nemmeno il fiume, c'era solo una catena di montagne grigie; Hester aveva paura che il suo passato fosse svanito. Quelle mattine dimenticava ogni impegno, restava alla finestra e aspettava che i raggi del sole bruciassero le montagne grigie e facessero riapparire i vuoti architettonici del suo passato.

Una mattina di giugno, Hester prese un autobus che andava verso nord lungo la Madison Avenue e, anche se a quell'ora i posti erano quasi tutti vuoti, andò a sedersi accanto ad Adriano, un giovane arrivato a New York per la prima volta durante quella settimana. Quando l'autobus si fermò alla 18esima Strada, Hester si girò verso Adriano e disse che era nata proprio lì, in una di quelle case, dette "brownstone", al secondo piano. Adriano non osò fare il minimo gesto; era ancora disorientato dal fatto che una donna così attraente avesse scelto di sedersi proprio accanto a lui, in un autobus con tanti posti liberi. Pensò a certe esigenze sociali e si rese conto che toccava a lui dire qualcosa, ma gli venne in mente solo una frase che sarebbe stata inutile in quell'occasione. E mentre si ostinava a cercare qualcosa da dire che non fosse banale, si accorse che più che altro lui sperava che quella donna si girasse per indicargli altri posti della sua esperienza vissuta tra quelle strutture, così lui avrebbe sentito di nuovo il calore di quelle labbra sfiorargli la guancia destra. Ma Hester non si girò e non disse più niente. Costretto in quel silenzio, Adriano si trastullò con l'idea che scegliendo di sedersi accanto a lui quella graziosa donna lo aveva tolto, forse per sempre, da quel fluire di corpi che scorreva lungo le strade di Manhattan. Nel frattempo l'autobus continuava la sua corsa, si fermava per far scendere o per raccogliere altri passeggeri. Hester non si era più mossa, sedeva con lo sguardo rivolto in avanti. Adriano cercava ancora di mettere insieme una frase, o perlomeno scegliere una sola parola, per avvicinarsi a quella donna ancora lì accanto a lui. Cominciò a preoccuparsi perché le parole che gli venivano in mente erano ovvie e perciò scialbe, in quella forma non avrebbero mai raggiunto la soglia invisibile che lo avrebbe portato verso quella donna.

"Io scendo qui...ho sbagliato autobus"!

"Sì, scendo...dove siamo"?

Lei si girò e disse che si chiamava Hester e che a quell'ora, secondo i suoi impegni, sarebbe dovuta essere su un altro autobus, uno che sarebbe andato dall'ovest all'est della città.

"Quell'autobus mi avrebbe portata in quel posto che non mi è mai piaciuto andare, per non parlare poi di certi dottori che si vedono girare lungo quei corridoi"!

Era d'estate ma non faceva troppo caldo; era un giorno luminoso. Le linee verticali dei grattacieli scorrevano limpide nel loro slancio verso un azzurro terso, senza un filo di nuvole.

"Sono Adriano, hai detto Ester, vero? Si scrive con la H o senza"?

"Non abito più da queste parti, vieni, ti faccio vedere la mia finestra".

Fermo sul marciapiede, Adriano non sapeva come reagire; la sua domanda era abbastanza semplice, ma Hester, per qualche motivo, l'aveva ignorata, come se non l'avesse sentita. Adriano capì che non sarebbe stato facile avere risposte alle sue domande. E ne aveva già parecchie! Come mai era sceso dall'autobus dietro di lei? Nel frattempo Hester aveva già attraversato la strada e camminava volgendo la testa a destra e a sinistra, sembrava spensierata; le sue lunghe gambe falcavano la strada e il ritmo che si sprigionava dai suoi tacchi costringeva la tipica folla frettolosa di Manhattan a scostarsi, a darle spazio. Adriano si guardava intorno e subito si affrettava in quel vuoto, per restarle vicino. Seguendola, lui fissava i capelli che le cadevano sulle spalle e a ogni passo si sollevavano come se volessero prendere il volo e allontanarsi da quell'aria gremita di schiamazzi di clacson e lasciti putridi di motori bollenti. Erano arrivati quasi all'orlo dell'acqua grigia del fiume, quando Hester si girò, senza fermarsi.

"Vedi quella casa sull'altra sponda"?

"Quale? Ce ne sono tante"!

"Quella con una sola finestra. Abito proprio lì, è la mia finestra".

La casa si vedeva a strapiombo sull'altra sponda del fiume Hudson. Adriano, seguendo le indicazioni di Hester, riuscì a scorgere la finestra con i battenti spalancati, come aveva detto lei. Ferma, finalmente, sul marciapiede, Hester fissava anche lei quella finestra aperta sul fiume.

"Non c'è nessuno, la lascio sempre così, anche di notte."

"Come si chiama la città"?

"Non importa! E' la mia finestra sul fiume. A proposito, Hester, con la H, ovviamente"!

Riprese a camminare lungo il marciapiede che affiancava il fiume. Adriano si fermò: doveva seguirla o andarsene dall'altra parte? Si girava di nuovo? No! Hester continuava con i suoi tacchi che sembravano voler tracciare il cemento del marciapiede e lasciare così un segno per chi volesse seguirla; non si girava e ogni passo sprigionava movimenti flessuosi che si scioglievano lungo i fianchi snelli e le lunghe gambe; poi per un istante quasi inafferrabile Hester sembrava immobile, solo chi aveva gli occhi fissi su di lei notava la ripresa del movimento e le sottili variazioni ritmiche sprigionate dai tacchi che intaccavano il marciapiede. Non si girava e i capelli balzavano di qua e di la come se si stessero allenando per spiccare il volo al momento opportuno.

"Ecco il traghetto, andiamo all'altra sponda."

Adriano guardò verso il fiume e vide una barca a vela ondeggiare sull'acqua che scorreva verso il mare. Poi cercò ansiosamente le gambe e i capelli che aveva seguito fino a quel punto. Hester era già sul traghetto, si era girata e lo guardava. Era difficile capire cosa volesse dire quello sguardo; Adriano percependolo pensò che fosse neutro, ma capì subito che si sbagliava, non era affatto neutro; lei gli stava dicendo che la prossima mossa doveva essere sua: attraversare o no il fiume doveva rivelare il suo modo di scegliere e di agire. Comprò il biglietto e salì anche lui sul traghetto. Hester gli voltò subito le spalle e guardò l'altra sponda. Adriano notò che la barca a vela era ancora in mezzo al fiume, a bordo non si vedeva nessuno, poi si girò e vide che Hester fissava ancora l'altra sponda. Chissà cosa vedeva? Forse non stava guardando la sponda. Da ciò che era riuscito ad afferrare, per lei c'era solo quella finestra spalancata. Che cosa avrebbe visto lui da quella finestra? Hester era già scesa mentre lui si muoveva lentamente con gli altri passeggeri verso la banchina.

"Il sentiero è qui vicino, vieni"!

Lo aveva guardato e gli aveva detto di fare qualcosa, poi era ripiombata in quel suo silenzio impenetrabile. Adriano si era ormai reso conto che le parole per Hester erano cose da non sprecare, da usare solo in caso di necessità, per dire ciò che non si poteva comunicare in altri modi. Era passata non più di un'ora da quando Adriano l'aveva vista per la prima volta, ma lui aveva già capito che non doveva avere troppa fretta, che doveva aspettare il momento opportuno per azzardare un contatto; era necessario che lui si abituasse a non soccombere a quei momenti di pausa carichi di ansia, quando il silenzio si fa assordante e le corde vocali vorrebbero vibrare ed emettere un suono, qualsiasi suono, purché sia abbastanza percepibile da penetrare il silenzio che si fa sempre più fitto, quel silenzio che può creare distanze abissali.

Hester era evidentemente abituata a muoversi entro il rumorio frastornante di motori perennemente accesi, di clacson il cui strombettio disperante nella morsa del traffico straziava la luce di tutte le ore del giorno. Chissà quando, quella graziosa donna, aveva deciso di ignorare il lampante contrasto fra il silenzio assordante fra due persone che non parlano e il frastuono perenne che si sprigiona lungo le strade della città e s'innalza verso le vette dei grattacieli? Ma Adriano desiderava parlare, fare domande; continuava a chiedersi, anzitutto, perché la stava ancora seguendo. Era la sua presenza fisica? Forse erano quei capelli che balzavano pronti a volare lontano dall'aria intrisa di strida e lasciti nocivi. Si chiese se stesse seguendo lei o i suoi capelli.

Sulla sponda dall'altra parte di Manhattan c'era una fila di casette quasi tutte della stessa dimensione. Arrivati fra di esse si notavano subito, però, delle distinzioni. Chi s'incuriosiva e cercava di appurare i nomi di chi aveva scelto i verdi chiarissimi accanto a gialli cupi vicino a rossi un po' sbiaditi per imbiancare gli esterni di quelle casette non riusciva mai a sentire una risposta chiara. Quei colori si trovavano lì sotto gli occhi di tutti proprio come l'acqua del fiume che scorreva verso il mare e come la roccia biancastra e indifferente della costa. La cosa che meravigliava veramente era una punta di roccia che sembrava fosse cresciuta, come radici e rami, e si fosse diramata lungo il muro attorno allo spazio della finestra di quella casetta che Hester aveva additato dall'altra sponda, quella con i battenti della finestra aperti e con lo spazio vuoto esposto a strapiombo sul fiume.

Quando Adriano entrò in quella casa per la prima volta e si affacciò nello spazio vuoto della finestra, si dovette aggrappare al davanzale perché vide se stesso sprofondare nell'acqua torbida che scorreva lentamente verso il mare; poi si spinse istintivamente indietro per sfuggire a quello spazio affascinante. In mezzo alla stanza c'era Hester che lo fissava; aveva osservato ogni sua mossa. Guardandola Adriano pensò che lei stesse aspettando un gesto o una domanda su quella roccia diramata e su quel vuoto della finestra che sembrava essere così vicino all'acqua del fiume. Restarono fermi e muti, l'uno davanti all'altra. Nella luce fievole di quel pomeriggio, si videro come non si erano potuti osservare prima, né sull'autobus, né dopo nel frastuono delle strade cavernose dell'isola di Manhattan. Adriano l'aveva immaginata con occhi chiari, invece vide che aveva gli occhi scuri.

Fermo davanti agli occhi di Hester che brillavano nonostante la luce fievole del pomeriggio, Adriano cercava di rifare il tragitto che lo aveva condotto in quella stanza; più che altro, però, cercava di rivedere il momento quando lui aveva scelto di seguirla, di non lasciarsela sfuggire di vista fra la folla di Manhattan. Ma non riusciva a vedere niente di preciso; ogni volta che pensava di aver focalizzato un'immagine, questa si trasformava in qualcosa di sfumato, i margini si scioglievano in membri striscianti, e non c'era modo di formulare una frase coerente che descrivesse l'immagine inizialmente focalizzata. Quella mattina quando aveva visto il profilo di Hester che saliva i gradini dell'autobus, cos'era successo? Era come se Hester avesse portato con sé un banco di nebbia fitta dal quale Adriano non intravedeva nessun modo immediato di uscirne; doveva aspettare che passasse il tempo, che si svolgesse la vicenda iniziata su quell'autobus, che spuntasse il sole e che i raggi bruciassero pian piano quel grigio compatto e straniante.

Il colore americano

Hester aveva abbassato gli occhi e aveva cominciato a dire qualcosa. Adriano continuava a guardarla e quando sentì il suono di quella voce notò che Hester cominciava a parlare proprio come era salita sull'autobus, in modo inaspettato ma inevitabile. Lui era lì e voleva sentirla come aveva sperato sull'autobus che lei si girasse per sentire le sue labbra sfiorargli la guancia. Cosa avrebbe detto?

"Queste parole me le sono trovate addosso un giorno come se fossero le mie vesti e non sono più riuscita a togliermele. A volte sento una gran voglia di liberarmene, di spogliarmi, non per lavarle come lavo le mie vesti, ma per buttarle via, o addirittura bruciarle, e poi semmai toccare le ceneri e sollevarle e farle volare via con il vento. Non ci riesco, dopo tutti questi giorni non ci sono ancora riuscita. Certi giorni le sento come un mantello sempre più pesante. Poi capisco che loro mi hanno accompagnata; erano con me quando cercavo ciò che non ho mai trovato. Solo adesso, però, posso dire questo, che non ho mai trovato quello che cercavo, durante tutti quei giorni di giri, di andate e ritorni, di soste interminabili lungo strade deserte o coperte di motori lenti e serpeggianti. Quando voglio, rivedo tutti i miei giorni, i miei viaggi, le strade percorse, gli orizzonti intravisti ma non raggiunti, le parole sbocciate all'improvviso sotto una pioggia scrosciante, le tracce raccolte per ricostruire realtà ignorate.

"Forse ti sarà difficile restarmi accanto. I sentieri che ho seguito, le porte che ho aperto, gli spazi che ho attraversato, a volte seguendo solo il fluire di un rivolo d'acqua, a occhi inutilmente aperti, potrebbero essere troppo ardui per te. Dimmi qualcosa del tuo passato. In quale parte del mondo hai aperto gli occhi la prima volta? Che cosa hai visto? Che cosa ricordi? Non so se riusciresti a guardare certe immagini; se ce la faresti a rimanere fermo sotto gli alberi dove se chiudi gli occhi vedi ancora le gocce di sangue che stillano da corpi penzoloni nel tempo. Non so se avresti il coraggio di lasciarti prendere da eventi sfrenati che trasformano il corpo in anima: anima che s'innalza oltre ogni ostacolo, sorvola sugli alberi dalle radici inzuppate di sangue e inneggia note e grida di dolore e di gioia.

"Perché mi guardi così? Nemmeno io posso dirti come mi sono trovata su quell'autobus stamattina. La giornata doveva svolgersi diversamente. Io mi chiamo Hester e non dovrei nemmeno essere qui a quest'ora. Leggi, vedi cosa c'è scritto nella mia agenda. Dovrei essere sotto le mani di qualche medico oppure dovrei ancora aggirarmi in cliniche con corridoi folgorati da una luce che assorbe ogni ombra. Invece sono salita sul tuo autobus e mi sono seduta accanto a te, e tu sei qui e mi guardi con tante domande".

All'improvviso Hester socchiuse gli occhi e smise di parlare. Adriano sentì di nuovo l'acqua del fiume che scorreva verso il mare; fermo davanti a lei, sperava che continuasse a dirgli delle cose che aveva visto e sentito. Hester aprì gli occhi, lo fissò per qualche secondo, e riprese a parlare.

"Mia nonna smetteva di mangiare, di parlare, e di guardare fuori appena sentiva il primo filo di voce che si diffondeva miracolosamente dalla scatola parlante accanto al frigorifero nello spazio della nostra cucina. Per riprendere le nostre attività bisognava aspettare la fine delle note e della voce che aveva rapito mia nonna e l'aveva portata chissà dove. Per me il periodo necessario allo svolgersi della canzone era sempre lunghissimo; fissavo la scatola e pregavo che chiunque stesse praticando quella magia smettesse e mi riportasse mia nonna. Avevo paura di perderla; a volte chiudevo gli occhi e quando li riaprivo e fissavo quella scatola vedevo una bocca spalancata che inghiottiva il corpo di mia nonna; chiudevo immediatamente gli occhi perché pensavo che fossi proprio io a far uscire quella bocca dalla scatola; quando li riaprivo, vedevo mia nonna ancora lontana ma il suo corpo era abbastanza vicino; stendevo la mano e le toccavo un braccio. Era la voce di Billie Holiday quella che affascinava mia nonna.

"Avevo dodici anni quando una sera mia nonna disse di sedermi accanto a lei e cominciò a parlarmi di una sera incantevole e triste. Prima mi raccontò di quanto era stato difficile convincere una sua amica ad accompagnarla al *Five Spot*, un club di Manhattan dove si esibivano vari musicisti jazz. Due donne bianche e sole che entravano in quel posto di sera avrebbero fatto girare qualche testolina e forse avrebbero anche fatto scattare qualche strizzatina d'occhio. Di queste cose si preoccupava la sua amica. Per mia nonna queste cose non volevano dir niente. Prima di mettere piede in quel posto lei immaginava e sentiva solo una cosa: la voce di Billie Holiday. Aveva sentito quella voce tante volte, aveva imparato a memoria le sue canzoni, sapeva certe cose della sua vita privata, ed era arrivato il momento di vederla. Voleva sentire quella voce dal vivo e osservare i movimenti del corpo spinto dal ritmo creato dagli strumenti musicali, seguire i gesti delle mani e gli scatti dello sguardo; voleva entrare in quel mondo costruito da battiti inesorabili, fili di voce che si attorcigliano a quei battiti, e silenzi colmi di attese. Mi disse che prima di aver messo piede in quel posto sentiva già la tensione del corpo di quella cantante che appena apriva la bocca esponeva i giorni e le notti di tutti i suoi antenati, costringeva chi si fermava ad ascoltarla a guardare il sangue sparso per i campi, i fuggevoli momenti di euforia smemorata raggiunti vicino a un altro corpo o soli e disperati aspettando il pizzico di un ago.

"Era il mese di luglio e l'afa colmava gli spazi vuoti di Manhattan. Mia nonna ci teneva a dirmi che quella sera lei aveva indossato un abito nero, aderente e scollato, con una collana di perle e orecchini con cammeo; ma ci teneva anche a farmi capire che aveva scelto quelle cose non perché voleva essere guardata da quelli che si sarebbero seduti ai tavoli accanto al suo; aveva scelto quelle cose perché andava in un posto dove sarebbe apparsa Billie Holiday: vestita così, mia nonna andava davanti a una principessa di un regno perduto nel tempo.

"Il tassì si era messo in fila dietro le macchine e gli altri tassì che pian piano si avvicinavano alla porta del *Five Spot*. A un certo punto mia nonna infastidita di quell'andare a passo di lumaca decise di scendere e di raggiungere l'entrata a piedi. Dalle macchine ormai ferme uscivano signore eleganti e signori attempati, ma evidentemente benestanti; alcuni di quei signori avevano già acceso i loro sigari e si muovevano accanto alle loro donne guardandosi intorno con studiata disinvoltura. Davanti all'entrata c'erano due uomini: uno chiedeva il nome di quelli che si avvicinavano, l'altro appena vedeva gli occhi del primo alzarsi dal registro delle prenotazioni, apriva la porta del club. Appena le signore e i signori varcavano la soglia, un altro uomo con un discreto inchino e un gesto della mano indicava di seguirlo nell'improvviso buio punteggiato da luci fievoli disposte a distanza lungo il banco del bar e sopra il modesto palco, dove si notavano la batteria e gli altri strumenti musicali avvolti nel silenzio della musica assente. L'uomo che aveva condotto mia nonna e la sua amica al tavolo aveva spostato le sedie per farle sedere ai lati opposti. Mia nonna si accorse subito che da quel posto avrebbe dovuto girarsi per vedere il palco e i musicisti. Aspettò che l'uomo se ne andasse e spostò la sedia accanto alla sua amica. Così era di fronte al palco in diretta linea con il microfono. Il buio e quei cerchi di luce fievole sparsi per la sala creavano degli strani effetti. Mia nonna vide il microfono come un corpo che appena si reggeva in piedi e con il capo piegato in avanti aspettava qualcosa o qualcuno che gli desse vita; forse, come tutti gli altri corpi quella sera in quel posto, anche il microfono aspettava il soffio e il sussurro di quella donna.

"Un alone di luce invase la sala da una parte all'altra e tutti videro il primo musicista avvicinarsi al palco. Il vocio nella sala si fece subito bisbiglio. Anche i camerieri abbassavano la voce e si spostavano dai tavoli al bar quasi in punta di piedi. La porta si era chiusa di nuovo, ma tutti ormai o la fissavano o allontanavano lo sguardo momentaneamente per poi riportarlo subito da dove poco prima era uscito il musicista. Tutti volevano vederla entrare in quell'alone di luce e seguirla con lo sguardo fino al palco davanti al microfono. L'uomo che aveva condotto mia nonna e la sua amica al tavolo passò davanti a loro e si fermò vicino alla porta. Mia nonna notò che l'uomo aveva posato la mano destra sulla maniglia, senza girarla. Restò lì per pochi minuti che per mia nonna e il resto della sala sembrarono ore. Tutti volevano che quell'uomo girasse la maniglia e facesse passare di nuovo il flusso di luce. D'improvviso la porta si aprì e lei apparse nella luce. Sembrava trasparente! Solo quando lei si spostò da quel flusso illuminato mia nonna riuscì a vedere il viso scuro e gli occhi abbassati, come se avessero paura di affrontare tutti quegli sguardi avidi di scrutare ogni minimo dettaglio delle vesti e del corpo, quegli sguardi che la inseguivano come se volessero appropriarsi di tutto ciò che lei ancora possedeva. Gli altri musicisti si trovarono sul palco con gli strumenti fra le mani, senza che nessuno li aveva notati entrare.

"Tutti aspettavano il suo primo gesto: un sorriso appena accennato rivolto all'indietro, un minimo accenno della testa, una mano lentamente sollevata dal fianco. Mia nonna che aveva notato tutto vide un lieve movimento delle labbra e sentì subito il fruscio ritmico della batteria. Il sassofono s'intromise fra i battiti insistenti del batterista con delle frasi brevissime, alle quali rispondeva il pianista sfiorando due o tre tasti del piano, e il trombettista che aspettava con il bocchino vicino alle labbra afferrò l'ultima nota del sassofono, la modulò lungo il corpo della tromba e la scagliò in alto tra i fili elettrici e le travi scoperte del soffitto. Era la nota che lei aspettava; era un richiamo e un annuncio; per lei era il sentiero da seguire, una nuova avventura, una storia da dispiegare davanti a tutti quegli sguardi fissi su di lei; sguardi che dovevano stare attenti a non soffermarsi a lungo su qualche passaggio solo momentaneamente melodioso, a non perdersi lungo il cammino scoperto con ogni battito, con ogni deviazione e richiamo di quei cinque corpi isolati e avvolti nella luce artificiale del *Five Spot*. Cominciò come se stesse parlando; si notava appena l'inflessione della voce; alla terza frase si sentiva la voce inconfondibile che cantava in modo esplicito ma come se fosse lontana e stesse guardando diverse vie prima di prendere quella giusta che l'avrebbe riportata lì, sotto la luce, davanti a tutti gli occhi che la fissavano.

"Dopo la terza canzone ci fu una breve pausa. Uno dei camerieri si avvicinò al palco e le porse un bicchiere. Lei si bagnò le labbra e diede il bicchiere al cameriere. Si sentiva di nuovo il silenzio nella sala; tutti aspettavano la prossima canzone. Quando mia nonna sentì la prima nota che si sprigionava dal sassofono chiuse gli occhi e vide un fulmine serpeggiare tra le nuvole nerastre e buttarsi su una quercia, stranamente sola accanto a una casupola. La nota diventò lo schianto pungente della quercia. Quella nota era uscita dal sassofono irrequieto sotto la luce del palco, ma chissà dove era nata, quali savane aveva attraversato per creare l'immagine vista da quella donna seduta davanti a un'altra donna, in quel posto semibuio? Mia nonna aprì gli occhi e sentì la voce di Billie Holiday; la voce che aveva sentito tante volte, che sentiva anche quando nella notte regnava il silenzio assorto sulla camera da letto. Era la stessa voce, eppure mia nonna ebbe l'impressione che la nota del sassofono, la nota che lei a occhi chiusi aveva visto come fulmine schiantare la quercia, aveva scottato anche la voce di quella donna che dal palco diceva parole sonore e rimate; ma erano parole lontane da quelle delle solite canzoni costruite con rime e ritmi che devono ammaliare i sensi e condurre, con la nota e la rima finale, in un mondo dove tutto viene risolto, dove se non splende il sole in quell'immediato momento, si intuisce la speranza di un cielo sereno in un prossimo futuro. Quelle che Billie Holliday sussurrava erano parole solo apparentemente sonore.

"Quando mia nonna dopo alcuni giorni riuscì a trovare in una vecchia rivista una copia di quella canzone, appena vide i dodici versi nella loro forma compatta sul foglio, pensò alla forma di uno dei grattacieli che vedeva ogni volta che si affacciava alla finestra. Quei versi avevano la stessa forma simmetrica di quel grattacielo di vetro: senza decorazioni, senza balconi o finestre aperte; guardandolo dal di fuori non si vedeva niente, bisognava entrarci per osservare le cose che conteneva. Per mia nonna il grattacielo e la canzone erano due costruzioni apparentemente perfette.

"Quella sera mia nonna e tutti gli altri seduti nel buio della sala del *Five Spot* erano entrati in quello spazio e avevano sentito qualcosa che andava oltre il richiamo rassicurante delle rime a fine verso, ma nessuno di loro avrebbe potuto dire cos'era quella cosa rimasta nell'aria come una domanda, un quesito presente non solo nella mente ma anche nelle ossa di ognuno di loro. Mia nonna mi disse che certi pomeriggi si trovava seduta alla sua scrivania nella camera da letto senza sapere come c'era arrivata. Aveva fra le mani il foglio con al centro le dodici righe. Ogni volta che rileggeva quelle parole si rendeva conto che quei versi mettevano insieme cose che appartenevano a mondi diversi: alberi e sangue non dovevano stare insieme, non dovevano stabilire un contatto. Metterli insieme voleva dire contraddire la realtà che lei conosceva e vedeva ogni giorno camminando lungo i viali di Central Park. Chi li aveva accoppiati aveva voluto trasgredire le leggi della natura, aveva voluto contaminare qualcosa che da tempi immemorabili voleva semplicemente essere, continuare a seguire il ritmo naturale delle sue fasi stagionali; l'autore aveva voluto invadere un campo che in certe culture era cosiderato sacro: lo spazio degli alberi. Seduta alla scrivania, mia nonna passava pomeriggi, sere, e notti leggendo e rileggendo "Strange fruit", la canzone scritta da un maestro del Bronx: Abel Meeropol:

Southern trees bear a strange fruit,
Blood on the leaves and blood at the root,

Black body swinging in the Southern breeze,
Strange fruit hanging from the poplar trees.

Pastoral scene of the gallant South,
The bulging eyes and the twisted mouth,
Scent of magnolia sweet and fresh,
And the sudden smell of burning flesh!

Here is a fruit for the crows to pluck,
For the rain to gather, for the wind to suck,
For the sun to rot, for a tree to drop,
Here is a strange and bitter crop.

"Ogni giorno, sedute al tavolino vicino alla finestra, mi faceva notare un'altra parte formale di quei versi; poi a un certo punto con il suo tipico gesto della mano mi diceva di seguirla; la sua voce diventava acuta e secca e cominciava a scardinare ogni immagine: la girava e rigirava, si soffermava su ogni minimo dettaglio, e così leggeva la storia innegabile degli Stati Uniti. L'albero con le radici inzuppate di sangue era appunto l'immagine testimone della storia di una nazione che aveva scelto di non vedere l'umanità di gruppi di gente con tradizioni, costumi, e linguaggi che testimoniavano una storia millenaria; una nazione che si era opposta all'arroganza imperialistica britannica e che poi era caduta essa stessa nella cieca arroganza etnica. Con le parole di quella canzone mia nonna mi insegnava la storia di questa grande terra. E ogni lezione finiva con la nota del sassofono, gli occhi chiusi, la quercia fulminata accanto alla casupola, le radici inzuppate di sangue, e la voce scottata di Billie Holiday".

Le macchie bianche

Adriano sperava che Hester continuasse a parlare; gli piaceva il suo tono di voce, chiaro e rigoroso. Ascoltando la nonna, Hester aveva imparato a scoprire e poi a seguire gli itinerari che la storia ufficiale voleva fossero ignorati. Nella sua voce si sentiva la risolutezza di non voler nascondere niente, di osservare ogni evento e rivelarne ogni piega. In ogni frase, in ogni inpennata di voce, Adriano ci vide il desiderio, ovviamente assurdo, di un'altra storia per quella terra: la storia che sarebbe potuta essere. Infatti dietro ogni itinerario scoperto appariva l'ombra di eventi e immagini presenti solo nei pensieri e nelle parole della nonna e poi della nipote. E quella canzone spiegata parola per parola era l'emblema di una realtà innegabile di quella terra; ma era anche il grido smorzato dalla consapevolezza che gli itinerari di quella storia si dispiegavano solo nella mente di qualche emarginato, lontano dai grattacieli che Hester cercava ogni mattina affacciata alla sua finestra.

Hester aveva smesso di parlare e sembrava distratta. Adriano non sapeva cosa dire o cosa fare; aspettava che lei facesse qualcosa.

"Non mi hai detto ancora perché sei venuto a Manhattan".

"Cerco un oggetto antico, un cucchiaio; secondo certi studiosi dovrebbe essere un cucchiaio etrusco".

"Perché lo cerchi qui"?

"Qualcuno ha detto che dovrebbe essere qui, nel Metropolitan, fra altri oggetti etruschi".

Adriano impensierito cercava di capire cosa aveva visto Hester in lui per dire che forse non sarebbe riuscito a seguirla in certe situazioni. Certo lui non era mai partito all'improvviso, senza un preciso punto d'arrivo. Infatti era arrivato in quel paese per la prima volta con un impegno molto chiaro: rintracciare il cucchiaio trafugato. Si trovava, quindi, in un posto tutto da scoprire, anche se come tanti della sua generazione aveva letto romanzi e testi di storia e di sociologia che parlavano di quel paese; e aveva anche ascoltato tutta la musica rock prodotta in città mitiche come Detroit e, ovviamente, New York. Ma forse era proprio quello il punto da non ignorare. Lontano dalla complessa realtà di quella terra, lui aveva accolto quelle immagini come se fossero state vere, le aveva accettate come realtà, senza mai chiedersi della loro vera provenienza, senza indagare cosa c'era dietro quelle immagini e quelle parole. Guardando Hester, si chiedeva cosa avrebbe dovuto fare, negli anni della sua formazione, per sfuggire a quella rete che veniva intrecciata in sale incadescenti e sparsa ormai quasi sull'intero pianeta? Forse Hester aveva ragione.

E infatti quella mattina sull'autobus Adriano, ancora una volta, si era lasciato andare, non aveva esitato a partecipare in quella situazione che si era creata inaspettatamente; quando Hester si era alzata, lui l'aveva seguita, era sceso dall'autobus con lei. Cosa avevano risvegliato in lui quelle labbra che gli avevano sfiorato la guancia? Cosa aveva sentito in quella voce che veramente non lo aveva invitato a scendere? Adriano ricordò quell'altra mattina quando suo nonno con il suo tipico modo di parlare gli aveva spiattellato in faccia che come a suo padre anche a lui piaceva correre, fare nuove esperienze; Adriano avrebbe voluto ribattere che il nonno si sbagliava, che se lui un giorno avrebbe preso la strada che portava verso la pianura e altre strade, l'avrebbe fatto solo per necessità, perché le circostanze glielo avrebbero imposto. Ma non disse niente. Si voltò verso Hester e notò che si era mossa; la vide vicino alla finestra e poi davanti al quadro appeso alla parete sopra il camino. Avrebbe voluto chiederle altre cose su quei posti ai quali lei aveva solo accennato. Lui cercava di immaginare come ci sarebbe arrivato e cosa ci avrebbe trovato, ma riusciva solo a sentire spezzoni di pezzi musicali o a vedere immagini da testi letti. Hester fino a quel momento aveva parlato esplicitamente solo del *Five Spot* e della nonna che una sera era andata a vedere Billie Holiday.

Comunque erano accadute tante cose da quella sera in quel club con quella cantante! Secondo alcuni era addirittura cambiato il mondo. Quella canzone, che aveva condotto la nonna di Hester lungo vie mai percorse prima, era diventata nient'altro che un mero riferimento storico, citato con poche frasi da qualche studioso della storia del Novecento americano. Riflettendo sugli eventi storici che si erano manifestati dopo quella sera, Adriano pensò che quegli studiosi sbagliassero nel considerare quella canzone nient'altro che un riferimento a piè di pagina. Infatti, da quegli alberi continuavano a sbocciare frutti cresciuti nel sangue. Dai corpi penzoloni dagli alberi si era giunti al fuoco che divampava nei ghetti di tante città, e allo stesso tempo agli assassinii di uomini che erano riusciti a vedere le cose diversamente, uomini come Martin Luther King, Robert Kennedy, Malcom X, e altri. Forse anche i primi rapper, nati e cresciuti all'ombra lunga e lontana di quelle immagini di radici inzuppate di sangue, un giorno si erano svegliati agli incroci delle vie dei ghetti con parole che nascevano in loro spontanee e accoppiate in quel modo per la prima volta. Si voltò verso la finestra aspettando di vedere la nonna di Hester. Non c'era nessuno. Sarà stata solo un'impressione causata da ciò che aveva sentito da Hester. Comunque aveva capito che la nonna era veramente entrata in quella canzone, e spiegandola a sua nipote aveva visto lo svolgersi tragico della storia della sua nazione.

Hester era davanti al camino e guardava il quadro alla parete. Sembrava un componimento astratto e da dove era Adriano nella stanza, si potevano distinguere cinque lastre grigie sovrapposte l'una sull'altra, ma da quella distanza era difficile identificare la natura del materiale, poteva essere pietra, dato il colore, quasi tutto grigio con delle macchie biancastre sulla seconda e terza lastra. Quando finalmente si avvicinò alla parete Adriano vide che si trattava di una riproduzione di Roberto Crippa "Composition 1959", e il materiale dei cinque pezzi era corteccia. Fra tante riproduzioni in vendita Hester aveva scelto quel componimento di un artista conosciuto probabilmente solo da altri artisti e da un pubblico molto ristretto. Lui leggeva quel nome per la prima volta. Era entrato in molti musei e i quadri che non dimenticava erano quelli che lo costringevano a restare fermo lì davanti, lo affascinavano e gli facevano seguire i ritmi di forme e di colori che si svolgevano entro lo spazio circoscritto della cornice; era sicuro di non aver mai visto quel "Composition". Chissà dove era andato Crippa a cercare quei cinque pezzi di corteccia? Dove era cresciuto quell'albero dal quale l'artista aveva tolto la veste? Quelle furono le prime domande che formulò a se stesso davanti al componimento appeso alla parete. Lo incuriosiva il fatto che quella donna avesse scelto proprio quella riproduzione da appendere alla parete.

"Ti piace"?

"Perché l'hai scelto"?

Era la prima volta che lui le faceva una domanda che non aveva niente a che fare con le lettere del nome Hester, la prima volta che richiedeva non una risposta ma una spiegazione.

"Perché non pretende niente. Guardandolo ritorno a un posto lontano da tutto ciò che è accaduto durante tutti questi anni. Chiudo gli occhi e sento ancora la voce scintillante di mia nonna, rivedo le sue rughe che scomparivano quando parlando di qualche evento storico il suo viso si accendeva dall'entusiasmo, rivedo i suoi occhi irrequieti dai quali scattavano saette puntate veso qualche personaggio dalle mani macchiate da sangue innocente, o verso tutto ciò che per lei si era rivelato nocivo nella storia".

"Cosa ci fanno lì quelle macchie bianche? Si oppongono al grigio della corteccia? Forse pretendono qualcosa"?

"Beh, sì, forse pretendono qualcosa dal grigio della corteccia"!

"Non vogliono accettare le cose come si manifestano nella natura e nella storia".

"Vogliono cambiare l'aspetto delle cose".

"Tu hai detto che il quadro non pretende niente".

"Sì, volevo dire che per me quelle macchie bianche sono più che altro uno scherzo dell'artista, qualcosa che lui ha aggiunto all'ultimo momento, senza pensarci troppo, l'avrà fatto per contrastare il grigio".

Adriano voleva farle notare che il quadro, apparentemente senza pretese, richiedeva una lettura più attenta, quindi pretendeva la partecipazione di chi si era fermato lì davanti e lo osservava. Cambiò idea, non aggiunse altro; non voleva che il discutibile contenuto di quel quadro introducesse un dissidio finora assente fra loro. E poi non c'era bisogno di dire altro perché da ciò che aveva detto si capiva che lei da allora in poi avrebbe osservato il quadro diversamente. Forse l'avrebbe addirittura tolto dalla parete; non era più un quadro che non pretendeva niente. Si accorse che Hester non era più vicino al camino. Si era mossa e lui non l'aveva notato. Non sapeva cosa fare. Guardò fuori e vide che finiva il giorno.

Il bisbiglio crepuscolare

Adriano dalla finestra non riusciva a vedere il tramonto. Doveva osservarlo indirettamente, guardando le facciate dei grattacieli di vetro che spuntavano lungo il punto estremo dell'isola di Manhattan. Lui non aveva mai visto l'ultimo sole del giorno riflesso su quelle facciate di vetro. Guardando quei vetri luccicanti, pensò al primo sole del giorno riflesso sull'acqua del mare appena increspata. Le facciate ondulavano e la loro sostanza si trasformava sotto i raggi solari, diventava uno scintillio di vari colori che indicavano il calar del sole: dall'oro acceso all'arancione al blu al grigio.

Quando si voltò vide che Hester aveva già aperto la porta e, ferma sulla soglia, lo guardava. Come aveva già fatto quella mattina, ancora una volta non lo aveva avvisato, non aveva detto niente di come si sarebbe svolto il resto della giornata. La porta aperta, i piedi sulla soglia, e la borsa a tracolla, la stessa che aveva con sé la mattina sull'autobus, facevano capire ad Adriano che bisognava uscire. Dove andavano? La domanda sarebbe stata inutile. Bisognava seguirla. Avrebbe ormai dovuto capire che era quello il suo modo di fare. Diede un'ultima occhiata ai grattacieli che avevano ripreso la loro solita forma e si affrettò dietro Hester.

Andarono insieme a comprare il biglietto. Appena il traghetto si spostò dalla banchina, Adriano si guardò intorno cercando di capire cosa era successo: improvvisamente sul traghetto era calato un silenzio quasi assoluto; si sentivano solo dei bisbigli, come se nessuno volesse disturbare quelli che stavano seduti o in piedi muti con gli sguardi rivolti o al nord verso il ponte George Washington o al sud verso la Statua della Libertà. Hester non aveva detto una parola, non lo aveva nemmeno guardato, spostava lo sguardo prima a nord poi a sud; partecipava anche lei in ciò che Adriano vedeva come un rito: durante la traversata se proprio senti la necessità di parlare, devi bisgliare, altrimenti stai zitto e guardi a nord o a sud, o chiudi gli occhi e fai scorrere le immagini della città che ti aspetta, la città che non dorme mai, che per tutto il mondo è ormai sinonimo di movimento perpetuo, che secondo certi studiosi di carte secrete, se quello scorrere di energia si arrestasse, l'isola scomparirebbe, si lascerebbe portare ondulando come una nave verso l'immenso Atlantico.

Invece di guardare a nord o a sud, Adriano chiuse gli occhi e vide scorrere anche lui immagini dell'isola. Alcune le ricordava da volumi di fotografie che aveva sfogliato in varie librerie; erano immagini che lo avevano affascinato, che avevano fatto nascere in lui il desiderio di trovarsi con il proprio corpo in mezzo a quelle strade, davanti alle entrate di quegli edifici che, quando uno alzava lo sguardo, sembravano toccare il cielo, facevano pensare che l'uomo aveva finalmente raggiunto la dimora degli dei, che il confondere delle lingue non aveva dopotutto arrestato l'ambizione degli uomini. Le altre immagini erano quelle che aveva finalmente percepito durante la sua breve, attuale visita: la casa a strapiombo sull'altra sponda, il quadro di Crippa, il *Five Spot*, l'albero con le radici inzuppate di sangue accanto alla casupola, e Hester seduta accanto a lui sull'autobus. Senza voltarsi la sentì vicino. Intorno a loro si erano levate le voci di quelli che non avevano parlato durante il passaggio sull'acqua del fiume.

All'uscita c'erano vari autobus che aspettavano i passeggeri appena scesi dal traghetto per trasportarli verso diversi punti di Manhattan. Hester si muoveva lentamente e Adriano la seguì senza sapere cosa avrebbe fatto, se avrebbe preso uno di quegli autobus o avrebbe scelto di andare a piedi dall'ovest all'est della città. Adriano notò che Hester si avvicinava al secondo autobus che fino a quel momento era quasi vuoto. Il conducente era un uomo sulla cinquantina, sorrideva continuamente e parlava, ma non si capiva esattamente con chi stesse parlando, le parole gli uscivano da bocca una dopo l'altra senza pause e davano l'impressione di creare una catena, s'interrompeva soltanto quando, per un motivo conosciuto solo a se stesso, si metteva a ridere, e la risata finiva sempre con un gran sorriso che mostrava denti bianchissimi e uniformi; quando qualcuno si avvicinava alla portiera dell'autobus, lui alzava subito il braccio destro e faceva cenno di salire a chi si era fermato lì davanti e lo guardava, non sapendo cosa pensare di quell'ammasso di carne, con il pancione solcato dal volante dell'autobus e con gli occhi socchiusi, come se si volessero proteggere da una luce accecante, che in quel momento non c'era affatto in quel posto. Era difficile voltargli le spalle e cercare un altro autobus.

Tutti quelli che arrivavano davanti alla portiera esitavano ma poi salivano i tre scalini e senza mai togliere lo sguardo dai movimenti e dai suoni che emanavano dal sedile davanti al volante si spostavano e cercavano un posto libero. Se qualcuno arrivava davanti alla portiera e si metteva a chiedere le fermate che quall'autobus faceva, lui non rispondeva mai con il nome di una strada precisa; balbettava qualcosa e poi finiva con dire mi fermo dove mi fermo. Quello che aveva fatto la domanda sembrava già essersi dimenticato di averla fatta. Entrava anche lui con un sorriso sulle labbra, sicuro di andare dove voleva arrivare. Hester non si fermò davanti all'entrata; salì gli scalini senza guardare l'autista, si muoveva come se non avesse né visto né sentito quel corpo parlante. Salendo subito dietro di lei, Adriano quell'uomo lo vide e lo sentì; la prima cosa che notò furono i due tagli sottili sotto la fronte dai quali si appena intravedeva il colore blu. Adriano cercò di afferrare qualche parola, ma capì che non sarebbe stato facile afferrare una frase che gli avrebbe dato la possibilità di percepire qualcosa da tutto ciò che fluiva da quella bocca con denti sfavillanti. Tutti gli sguardi dei passeggeri cercavano il miglior modo di avvicinarsi per sentire la voce che non smetteva di parlare. Eccetto Hester. Lei guardava fuori, osservava la gente che andava avanti e indietro facendo domande e guardandosi intorno con aria smarrita. Adriano non sapeva cosa fare, se guardare fuori o ascoltare quell'uomo che non aveva nessuna intenzione di smettere il suo balbettare. Se era lì per guidare l'autobus e portarli alle diverse fermate delle strade di Manhattan, non poteva essere uno di quei pazzi scappato da qualche ospedale o clinica. Adriano notò che accanto al volante c'era la fotografia dell'enorme faccia di quell'uomo, con nome e numero della patente o del permesso di guida, il documento aveva l'aspetto di qualcosa rilasciata da un'agenzia responsabile o dalla ditta dell' autobus.

Perché Hester lo ignorava? Forse l'aveva già visto altre volte. Allora perché non dire qualcosa? Si comportava come aveva fatto tutto il giorno dalla mattina, parlava solo quando voleva, quando c'era veramente qualcosa che secondo lei richiedeva di essere spiegata. In questo caso, lo lasciava da solo, gli dava l'opportunità di percepire le cose a modo suo. Adriano decise di non chiederle niente, di restarle accanto e aspettare che lei cominciasse a parlare. A quel punto la portiera si chiuse e l'autobus cominciò a

muoversi lentamente dietro altri veicoli che si muovevano
dall'aerea di parcheggio e poi aspettavano il semaforo verde per attraversare il corso e prendere una delle strade che
portano verso l'est della città.

Le parole sfumate

Un pomeriggio autunnale di molti anni prima, Adriano
stanco di camminare sotto un cielo che prometteva
nient'altro che pioggia, era entrato in una delle librerie dove si recava spesso e su un tavolo dove erano ammucchiati
volumi di ogni genere a prezzi ridotti scorse una copertina
con l'immagine isolata del grattacielo *Chrysler*. Come tante
altre volte quando aveva visto uno di quei volumi, lo prese
immediatamente e cominciò a osservarlo. Era la prima volta che vedeva il *Chrysler* fotografato di notte. Pensò che il
fotografo avesse voluto trasformare quella struttura architettonica funzionale in un'immagine estetica. Vedendo
quel contrasto così fondamentale e ovvio fra lo sfondo
oscuro della città e la forma illuminata delle finestre, gli
venne l'idea che quell'immagine rappresentasse, in essenza, la realtà di Manhattan. Aprì il volume e non vide altro
che il profilo inconfondibile della città fotografato solo di
notte, e solo dall'altra sponda dell'Hudson. Su ogni pagina
satinata non vedeva altro che sagome di grattacieli e finestre illuminate. E quella sera seduto vicino a Hester
sull'autobus che si muoveva lentamente, cercando di infilarsi negli spazi ristretti lasciati dal movimento di altri veicoli, Adriano pensò a quelle immagini; guardò fuori e vide
il buio spalmato sulle facciate di palazzi e di negozi con le
porte sbarrate; solo la luce dei fari strisciava i muri e
scomparendo lasciava ombre ancora più scure. La luce
sfavillante che aveva visto in quelle pagine satinate mancava lì giù, lungo le strade e i marciapiedi dove auto camion bus e gente si contestavano ogni minimo spazio,
muovendosi chissà verso quali destinazioni. Hester non si

era mossa. Cosa vedeva oltre il finestrino? Adriano avrebbe voluto trovare le parole per chiederglielo.

Il conduttore non aveva smesso di parlare; rallentava il ritmo solo per enunciare chiaramente ad alta voce il nome della fermata. Ogni passeggero che scendeva, passandogli accanto si rivolgeva ancora una volta verso quel corpo parlante, ma era difficile capire perché. L'autista riprendeva la sua logorrea appena la portiera si richiudeva alle spalle dell'ultimo passeggero. Quelli ancora seduti, con un sorriso dimenticato sulle labbra, sembravano facce raccolte e trascinate lontano. Sull'autobus solo Adriano e Hester non erano stati ipnotizzati da quel personaggio dalla voce irrefrenabile, che li stava conducendo nel cuore della città.

Ma ad un certo punto Adriano sentì anche lui quella voce; la sentì come un richiamo, sentì in quel ritmo incalzante un monito da non ignorare. Cosa gli avrebbe detto di quella città apparentemente così simmetrica, con le sue strade parallele che ti portavano da un capo all'altro dell'isola? Cosa avrebbe sentito da quell'uomo che vedeva quelle strade ogni giorno? Si girò verso Hester e notò che lei era ancora rivolta verso il finestrino e continuava a guardare fuori; non sentiva affatto quella voce; forse per lei era solo uno dei tanti rumori della sua città. Ma dopo quello che era già successo quella mattina, Adriano cominciava a capire che in quella città lui si sarebbe imbattuto in cose e situazioni lontane da ciò che aveva conosciuto nel posto che lo aveva visto nascere. Hester aveva parzialmente ragione. Sì, lui era fatto diversamente, ma solo perché la sua storia fino a quel momento era stata diversa. E quella sua storia lo aveva fatto arrivare a Manhattan, dove si era già mosso lungo strade a lui sconosciute. Quella voce che fluiva da quel corpo era forse un'altra strada che si apriva davanti a lui. Doveva seguirla come aveva seguito le altre? Si porse in avanti; sentì queste parole:

"Sì dicono che ce ne sono tanti ma nessuno è ancora riuscito a contarli e nessuno sa veramente da dove son venuti ma sono qui e strisciano da una parte all'altra nei meandri dell'isola e si fermano quando sentono il bisogno di mangiare e allora sollevano il muso forse per annusare la prossima pietanza e così si rimettono a strisciare e a cercare e dopotutto devono trovare qualcosa da qualche parte perché non possono esistere senza mangiare e ovviamente non vogliono morire e in effetti sono molto simili a noi perché hanno gli stessi bisogni biologici perciò proprio come noi che dopo alcuni giorni senza cibo ci troveremmo in brutti guai anche loro senza qualcosa da mettere sotto i denti si troverebbero stesi e a disposizione di qualche gran signora in cerca di scarpe morbide e borse lucide ma nessuno è ancora riuscito a scovare il posto dove questi animali trovano il cibo però tutti sanno che questi sono animali pericolosi per noi e anche per altri animali perciò nessuno si dovrebe avventurare lungo la sponda di un pantano o di un fiume e passeggiare con gli occhi rivolti alle stelle lontane e i piedi vicino alla bocca della morte per questo bisogna evitarli ma ci sono quelli che hanno deciso di fare qualcosa hanno deciso di eliminarli ma come si fa a eliminare questi animali pronti a sbranare chi si avvicina pronti ad azzannare anche chi vorrebbe restarsene in pace in riva a un fiume e invece guarda giù e vede due fila di denti ben affilati pronti ad addentare piede e gamba per non dire tutto il corpo dato che questi possono divorare ciò che per un altro animale ci vorrebbe un po' di tempo e allora chi ha il coraggio di scendere lì giù e trovare il modo di eliminare questi esseri tanto pericolosi chi potrebbe farlo per il bene di tutti perché c'è chi dice che questi un giorno potrebbero trovare il modo di salire da qualche parte e arrivare non so proprio alla prossima fermata e qualcuno scendendo penserebbe di mettere il piede sul cemento del marciapiede e invece lo metterebbe sul dorso di uno di questi animali e accorgendosi della situazione griderebbe dalla paura e il coccodrillo si girerebbe e lo inghiottirebbe come un bocconcino prelibato ecco perché dicono che bisogna fare qualcosa e non si può semplicemente aspettare che le cose si aggiustino da sole non si può nemmeno aspettare l'arrivo di un altro di quelli mandati quaggiù per svolgere una missione già tutta prevista lì su da occhi che non battono mai ciglia perciò il sindaco della città si è visto alla televisione quando ha annunciato proprio come si faceva una volta nei paesi visti nei vecchi western quando lo sceriffo annunciava il bisogno di formare un *posse* per correre dietro all'ultimo delinquente che era entrato nella banca del paese e aveva costretto il povero impiegato tutto tremante a riempire il sacco con tutte le banconote che trovava nei cassetti e proprio come in quei film il sindaco ha detto che voleva dei volontari per andare lì giù a compiere un atto di generosità per tutta la popolazione in altre parole voleva dire che lui dava a chi si sarebbe avventurato nei meandri dell'isola l'opportunità di fare l'eroe e di traformare la propria esistenza facendo qualcosa per gli altri ma le sue parole non dicevano niente del pericolo che quei volontari avrebbero dovuto affrontare e inoltre il sindaco era stato molto attento a non menzionare parole come pericolo sfregio morte e per parecchio tempo nessuno ha bussato alla porta del municipio per accettare l'invito del sindaco anche se il sindaco era comunque disposto a mettere da parte per ciascun volontario una somma sostanziosa in un conto bancario con non solo il nome del volontario ma anche il nome del suo beneficiario e con tutto ciò son passati giorni e nessuno si è visto e c'erano quelli che sui giornali e alla televisione dicevano di non preoccuparsi perché prima o poi qualcuno avrebbe finalmente compreso l'essenza della situazione e avrebbe trovato il coraggio di bussare alla porta del municipio poi altri dicevano che dopotutto un giorno in più un giorno in meno non avrebbe fatto una grande differenza eccetto per il fatto che sarebbero nati altri coccodrilli e con i numeri sarebbe aumentato anche il pericolo e così le cose si facevano sempre più complicate per tutti e poi un giorno finalmente non solo un volontario ma tutto un gruppo si è visto salire le scale del municipio e uno del gruppo si è avvicinato alla guardia di servizio e dopo aver fatto altre due scale appena messo piede sull'ultimo scalino il gruppo ha visto il sindaco che aveva già attraversato metà del corridoio e veniva con la mano destra protesa in avanti anticipando la stretta di mano con ognuno del gruppo e a quel punto erano già arrivati giornalisti fotografi e gente delle televisioni e tutti cercavano di fare delle domande seguendo le direttive del proprio giornale o della propria rete televisiva e nemmeno il sindaco si era accorto che solo uno del gruppo aveva dato il buon giorno e poi aveva detto coccodrilli e nient'altro e mentre il coro dei giornalisti e delle televeline non faceva altro che gridare e sopraffare le domande di ciascuno il capo del gruppo prese il borsone con il quale aveva salito le scale lo aperse e ne tirò fuori un oggetto che a prima vista sembrava una scimitarra ma in realtà era un machete e il sindaco fu il primo a tirarsi indietro non perché avesse paura ma per meglio vedere quell'oggetto che il capo del gruppo aveva afferrato e senza dire una parola aveva tagliato lo spazio davanti a sé con tre movimenti a zig zag e alcuni dissero dopo che quell'uomo dai capelli biondi con quel gesto volesse rendere un *homage* a Zorro quel gran personaggio amico dei popoli indigeni e a quel punto si sparse la voce che il gruppo era composto di uomini cubani e russi e che erano arrivati in città la mattina ma nessuno sapeva da dove ed erano pronti a scendere lì giù a far piazza pulita di quegli intrusi che avevano osato avventurarsi nei meandri dell'isola e avevano diffuso tanta paura fra la gente che attraversava i marciapiedi e le strade di giorno e di notte durante tutte le stagioni dell'anno e tutti ne avevano avuto già abbastanza di quegli animali perciò quando la città venne a sapere che un gruppo di cubani e di russi si era presentato al municipio e uno di loro aveva fatto capire che il gruppo era pronto a fare ciò che nessuno si era offerto di fare fino a quel momento la città spalancò le finestre che si potevano spalancare perché c'erano edifici che avevano raggiunto un livello evolutivo nel quale le finestre non erano più necessarie infatti le finestre erano assenti ma da quelle spalancate si sentivano applausi e grida a squar-

ciagola per quei coraggiosi uomini le grida e gli urli erano
così acuti che attraversavano il fiume e si diffondevano fra
le case e le strade di altre piccole città e paesi ma poi bastava accendere una radio o mettersi in giro per i canali
televisivi e prima o poi uno sarebbe arrivato a un canale
sul quale avrebbe visto le immagini di tutte quelle finestre
spalancate e avrebbe sentito espresso in quelle grida la
speranza di un ritorno alla vita spensierata di una volta
grazie a quei cubani e quei russi che quella mattina
nell'atrio del municipio si guardavano intorno e nei loro
sguardi si poteva leggere la loro ansia ma anche la loro risolutezza di trovarsi faccia a faccia con il loro prossimo
nemico e sconfiggerlo usando nient'altro che coltelli machete e bastoni che sembravano mazze da baseball ma invece osservati da vicino avevano l'aspetto di rami o addirittura di radici lavorate fino al punto di dargli la forma di
un serpente ecco quei bastoni tolti dalle borse sembravano
proprio dei serpenti intirizziti ma poi quando il cubano
che aveva fatto capire la loro intenzione al sindaco ne prese uno e cominciò a rotearlo prima davanti a se stesso poi
in alto e sempre più veloce si trasformava con ogni giro in
un serpente vivo con la bocca spalancata e la lingua biforcuta che scattava fuori secondo il ritmo dei giri e tutti quelli che erano vicino al cubano si allontanavano da lui non
tanto perché avessero paura che il cubano si lasciasse
sfuggire quel bastone ma perché lo vedevano come un
serpente pronto a pizzicare la pelle di chi sceglieva di
ignorare il pericolo o non lo vedeva affatto cioè non si poneva il problema e vedeva quell'oggetto che girava secondo la propria essenza e quindi avrebbe continuato a creare
quei movimenti concentrici fino a quando la spinta pro-
pulsiva sarebbe continuata ma la maggioranza si era allon-
tanata forse perché un'intuizione sprigionata da chissà
quale profondità aveva fatto intendere che le cose nella
realtà non sempre seguono le leggi previste che a volte
l'ingranaggio s'inceppa e causa l'inaspettato l'incidente
che secondo le regole non dovrebbe accadere ma purtrop-

po accade e poi tutti a lamentarsi del fatto e nessuno a dire che forse quel fatto si sarebbe potuto evitare tenendo conto dell'imprevedibile che piaccia o non piaccia fa parte della metamorfica realtà ma non molti son disposti ad accettare questo modo di considerare ciò che ci circonda infatti ci crea e poi ci toglie ciò che ci ha dato e quindi addio all'altro mondo dove forse i coccodrilli invece di azzannarci ci baciano emettendo un alito profumato che ci avvolge in un batuffolo di nuvole di un biancore incandescente comunque quei cubani insieme ai russi trovarono la via e scesero nei meandri dell'isola e senza un istante di esitazione si buttarono contro i coccodrilli in una battaglia spietata o perlomeno così dicevano tutti ma nessuno poteva asserirlo perché i cubani e i russi saranno ancora lì giù insieme ai coccodrilli e forse hanno fatto un accordo e vivono in pace ma sono tutte fantasie e l'unica cosa certa è che non si è visto mai nessun uomo uscire da quella fossa a forma di bocca aperta che li aveva accolti spinti dagli applausi e delle grida festeggianti di quelli che non avrebbero mai osato metter piedi su quello spazio interstiziale e ancora oggi tutti passano davanti a quel varco guardano e poi volgono lo sguardo altrove e quindi...no"

La soglia evitata

Adriano notò che Hester era già vicino all'uscita e stava per scendere. La raggiunse e non sentì più la voce di quel corpo parlante dietro il volante dell'autobus.

"Vuol dire che quello legge; ha preso l'idea dei coccodrilli da qualche romanzo e poi ha aggiunto qualche sua idea strampalata".

"Cosa ha preso esattamente dal romanzo? Da quale romanzo"?

Lei non rispose. Erano scesi dall'autobus alla 49esima Strada e camminavano lungo la Sixth Avenue, verso il nord. A un certo punto Hester si fermò e disse che non voleva avvicinarsi al Central Park, si faceva scuro, preferiva andarci di giorno, era tutta un'altra cosa. Gli disse che con il calar del sole e l'accendersi dei lampioni all'interno e lungo le due strade che lo affiancavano il parco subiva delle trasformazioni note a chiunque conosceva la città e i suoi multipli volti; ogni sentiero che si diramava dalle strade che attraversavano il parco diventava un arazzo di ombre e di vuoti; ogni cespuglio nascondeva tutto ciò che era sconosciuto e pericoloso, tutto ciò che ognuno aveva sempre temuto. Continuò dicendo che entrare nel parco di notte voleva dire mettersi a disposizione di quelle ombre e di quei volti sconosciuti che aspettavano il momento opportuno per sgusciare dalle foglie dei cespugli e sviare per sempre il futuro di chi aveva osato. Adriano fino a quel momento aveva visto solo immagini fotografiche del parco. Ascoltando Hester, lui cercava di ricordare qualche accenno fatto dal fotografo, qualche ombra incongrua tra le ombre di tronchi e rami, ma non riusciva a ricordare niente di minaccioso. Fermo accanto a Hester, Adriano rivide se stesso un pomeriggio d'autunno in una libreria a Firenze; aveva fra le mani un volume di in famoso fotografo e lo sfogliava e seguiva affascinato i coni di luce lattea creata dai lampioni che puntellavano il profilo naturale di quel pezzo di verde affiancato da costruzioni verticali gigantesche; e lasciandosi trasportare dalla sua fantasia aveva immaginato se stesso imboccare un sentiero e inoltrarsi tra le ombre e le luci che tappezzavavo il suolo. Per lui erano proprio quelle immagini notturne a rendere invitante quel rettangolo di natura, un posto appunto da scorrere di notte. Ma le parole di Hester avevano soffiato via tutti i filtri e tutti gli obiettivi usati dal fotografo per costruire quell'immagine notturna che lo aveva affascinato; nella voce di Hester lui aveva sentito la paura di chi non vuole sfidare tutto ciò che si muove nell'oscuro e aspetta, lontano dalla luce, il momento opportuno per sbarrarti la via e portarti dove tu non avevi nessuna intenzione di andare. Chissà se avrebbe mai avuto il coraggio di sfidare, dopo il calar del sole, quei volti accovacciati sotto i cespugli! Inoltrarsi per uno di quei sentieri sarebbe restata, probabilmente, solo una fantasia del passato creata da immagini lontane dalla realtà, e forse lui non avrebbe mai sfidato quelle ombre.

Hester si voltò verso di lui e disse che si faceva tardi, voleva andarsene. Si sarebbero rivisti la mattina dopo verso le nove e mezza per andare insieme al museo. Adriano non poteva fare altro che acconsentire. Le disse "a domani" e si avvio verso il suo albergo sulla Seventh Avenue, non molto distante da dove si erano fermati.

Il giorno dopo Hester sarebbe andata con lui al Metropolitan Museum. Gli aveva detto che quel posto era uno dei suoi preferiti; ci andava ogni volta che pioveva, d'inverno come d'estate; bastavano le prime gocce di pioggia a farle prendere la borsa e incamminarsi verso il traghetto che approdava a Manhattan. Gli disse che di solito sceglieva un artista e restava davanti ai suoi quadri due o tre ore, poi andava a sedersi da qualche parte, chiudeva gli occhi per cinque minuti e dopo cominciava a scrivere frasi o singole parole che quei quadri le avevano suggerito. A casa sugli scaffali c'erano i taccuini con le date e i nomi dei diversi artisti. Gli disse anche che ovviamente si era recata parecchie volte a "The Etruscan Room". Quando Adriano le chiese se avesse visto la scritta "The Etruscan Spoon", lei disse di non averla notata. Poi si fermò e Adriano sentì dirle queste parole: "Come mai"? con un tono fra sorpreso e arrabbiato, come se volesse dire "Come sono potuta essere così distratta da non aver visto quelle parole e di non aver notato l'assenza dell'oggetto che avrebbero dovuto identificare"? Forse voleva andare al museo il giorno dopo solo per cercare di capire come non avesse notato una cosa così evidente.

Ma Adriano quelle tre parole e quell'assenza le aveva viste quasi ogni giorno da quando era arrivato a Manhattan. La prima volta senza fermarsi nell'atrio si era buttato di corsa per la scalinata interna del museo e girando a sinistra aveva raggiunto l'ultima piccola sala dedicata agli oggetti etruschi. Si era fermato e aveva letto e riletto la scritta: "The Etruscan Spoon". Poi dopo tante telefonate e email aveva dovuto aspettate un paio di giorni prima di poter parlare con l'esperta, la curatrice della sala etrusca. Era una donna premurosa e affabile con una voce dolce e melodiosa; emetteva frasi brevi costruite secondo regole obbligatorie che volevano dire qualcosa ma più che altro quella voce quando emessa dava l'impressione che volesse cantare. Alla fine di ogni frase la donna guardava o a destra o a sinistra, come per dire, c'è l'ho fatta, non ho cantato, poi riprendeva a parlare. Adriano seduto dall'altra parte della scrivania ascoltò la lenta e misteriosa storia del "cucchiaio". La donna gli disse che un tardo pomeriggio aveva risposto al telefono e una voce maschile le aveva parlato di un "cucchiaio" e a un certo punto aveva detto di voler offrirlo al museo. Ma quando lei aveva fatto delle domande specifiche a proposito della provenienza di quell'oggetto, all'improvviso la voce era scomparsa, senza lasciare un numero telefonico o altre informazioni. Dopo una breve pausa quella donna tanto affabile aveva continuato dicendo che aveva ricevuto un'altra telefonata; era, però, una voce femminile che ripeteva le stesse frasi dell'altra voce. E ancora una volta si era verificata un'altra interruzione telefonica. Poi erano passati mesi e non si era sentito più nessuno. Durante l'ultima conversazione con Adriano, la curatrice si era scusata con lui dicendo che non avrebbe dovuto esporre quella scritta prima di avere l'oggetto fra le mani. L'aveva fatto, comunque, per dare un segnale a chi aveva telefonato; per dire che il museo aveva già scelto il posto per quel "cucchiaio", lì fra gli altri oggetti etruschi.

Adriano aveva tante altre domande, ma decise di restare zitto seduto davanti a quella donna che dallo sguardo e dalla voce avrebbe voluto dirgli altre cose, nomi e indirizzi dove recarsi per mettersi sulle tracce di quelle voci che avevano telefonato, ma, invece, riusciva solo a scusarsi. Sulla soglia dell'ufficio, Adriano sentì le ultime frasi che gli dicevano di non scoraggiarsi, prima o poi quel cucchiaio sarebbe apparso sotto la scritta. Adriano le strinse la mano e andò via. Ma mentre scendeva giù per la scalinata del museo pensò a cosa avrebbe detto quella donna se avesse saputo che lui quel cucchiaio lo cercava per riportarlo a quell'uomo che l'aveva scavato.

La prima lettera

Appena entrò nell'albergo la signorina dietro il banco di registrazione gli diede la chiave della camera e una lettera. Era la prima volta che riceveva posta a quell'indirizzo. Notò le aste curve della "A" maiuscola di "Adriano" e capì che si trattava di una lettera da sua sorella Angelica. Raggiunse subito una sedia lontano dal banco e si sedette; si guardò intorno e si chiese perché non aveva semplicemente preso l'ascensore per andare alla sua camera. L'arrivo inaspettato di quella lettera lo aveva disorientato. Guardò di nuovo l'indirizzo e i tratti particolari della "A" tracciati indubbiamente da sua sorella. Cosa gli avrebbe detto? Alzò lo sguardo e notò il lento movimento della porta girevole dell'albergo. Ma era inutile lasciarsi distrarre dai diversi movimenti inarrestabili nell'atrio di quel posto.

Caro Adriano,

non volevo disturbarti. Dalle tue illuminanti lettere che leggo e rileggo ho capito che la tua ricerca ti impegna fisicamente e mentalmente. Perciò quando lui me l'ha chiesto, non ho scritto subito. Ho trovato mille scuse per rimandare: lavoro, volontariato, impegni personali. Poi la settimana scorsa me l'ho visto davanti alla soglia di casa, appoggiato al suo bastone, muto, con gli occhi che mi scrutavano e mi accusavano. Ha aperto bocca solo per dirmi che si sarebbe mosso quando avrebbe visto il foglio scritto e la busta indirizzata a te. Tu mi capisci.

Comunque ti dico che alcune settimane fa una mattina quando sono entrata in casa l'ho trovato seduto in cucina. Appena mi ha visto ha cominciato un suo discorso sfrenato. Ogni volta che cercavo di dire qualcosa, lui alzava la voce e si girava dall'altra parte per farmi capire che non voleva essere interrotto. Io dovevo solo ascoltare. Mi sono arresa e ho cercato di seguirlo. Sono riuscita ad afferrare la frase che lui ripeteva come una litania, "deve esserci lui"! Dopo un po' finalmente ho capito che parlava di te, voleva che tu ritornassi. Poi ho anche capito che secondo lui il cucchiaio si troverebbe ancora dalle nostre parti e che tu dovresti riprendere la ricerca proprio da qui, da dove è scomparso. Quindi vuole che tu ritorni. Il perché non sono riuscita a farglielo dire. Ma spero che abbia a che fare solo con quel cucchiaio che ha già scombussolato tante cose da queste parti. Spero di riverderti presto!

Un caro abbraccio,
Angelica

II

IL RITORNO DI ADRIANO

A driano ricordava che nel tardo pomeriggio il nonno era sempre seduto lì al solito posto, sotto il fico dai rami flessuosi che nelle giornate ventose sembravano indurirsi per beccheggiare il muro nord della casa, come se volessero con ogni beccheggiata spingerlo, spostarlo oltre e riconquistare quello spazio per poter ondeggiare con il vento. Ma quel giorno, fermo davanti al cancello del giardino, Adriano non lo vide; guardò verso la finestra al secondo piano, vide le imposte spalancate e rivolse lo sguardo alla sedia vuota accanto al tronco del fico.

"Entra! Cosa ci fai lì"?

Scosso da quella voce, Adriano puntò gli occhi verso il cespuglio al limite del giardino, ma vide solo folte pianticelle. Era ovviamente lì, dietro quelle foglie nerastre. Spuntò prima il bastone, quella sua terza gamba sulla quale lui si appoggiava quando all'improvviso si fermava, durante le sue camminate mattuttine che finivano sempre come pomeridiane. Adriano, ancora fermo con la mano sulla maniglia del cancello, lo vide apparire lentamente da dietro il cespuglio, curvo sul bastone, come non lo aveva mai visto. Pensò subito alla lettera di Angelica.

"Cosa aspetti"?

La voce era sempre quella e le parole erano ancora scarne e dirette. Adriano girò la maniglia e sentì di nuovo lo stesso scricchiolio del cancello che aveva sentito la prima volta, quando da piccolo lasciando la mano di sua madre era corso verso il nonno che lo aveva chiamato ed era riuscito a girare quella stessa maniglia ed era entrato da solo nel giardino.

"Di quell'affare degli alberi e dei corpi che penzolano ne avevo già sentito parlare, e non aveva niente a che fare con la nonna di quella ragazza. Ne parlava gente che si era trovata fra quelli che erano andati a vedere lo spettacolo. Lo chiamavano proprio così 'lo spettacolo'. Era come se fossero andati a vedere le donne che ballano e poi si spogliano. Perlomeno così ne parlava uno che era stato a New Orleans e aveva visto anche dei corpi italiani penzolare; mi disse che proprio quello stesso giorno era salito sulla prima nave diretta verso l'Europa. Sono cose di tanti anni fa. E ci sono tante altre cose di cui ormai nessuno parla più".

Adriano aveva appena messo piede oltre il cancello quando sentì quelle parole sfiorargli il viso come una folata di vento. Si era aspettato perlomeno un "come stai, come è andato il viaggio", invece, niente, il nonno continuava un discorso che probabilmente aveva iniziato quando Angelica gli aveva fatto vedere le lettere dagli Stati Uniti. 'Deve esserci lui' aveva citato Angelica in quella lettera che aveva spinto Adriano verso l'aeroporto e gli aveva fatto prendere il primo volo da New York. Fermo sulla soglia del cancello, Adriano rivide quella frase e cominciò a pensare che essa non aveva niente a che fare con "i pensieri" di Angelica. Si trattava di una cosa abbastanza semplice che il nonno, con il suo solito modo di fare, aveva trasformato in qualcosa di urgente. Voleva che Adriano ritornasse per guardarlo negli occhi e dirgli che anche lui a Manhattan si era imbattuto in qualcuno che gli aveva parlato di occhi sbarrati e di corpi appesi ad alberi.

"Tu cosa ne sai di quelli che son partiti senza sentire il desiderio di partire? Cosa hai sentito di loro quando ascoltavi i tuoi professori? Senza dubbio ti hanno dato i numeri, gli anni, poi i nomi, mai sentiti prima, di paesi con case arrampicate, come vecchie capre, lungo i dorsi di montagne brulle, da dove in tanti sono partiti un giorno. Ti hanno dato poco, quasi niente. Non avevano niente di vero da darti. Nessuno di loro si era svegliato una mattina e aveva finalmente capito che dal posto che l'aveva visto nascere, il posto dove lui aveva visto i primi rami di alberi scheletrici, non avrebbe avuto altro che sopraffazione e silenzio".

Adriano non sapeva cosa avrebbe dovuto dire. Comunque il nonno aveva ragione. Nessun professore aveva mai parlato di gente che era partita senza il desiderio di partire

"Che discorsi mi fai fare! Non volevo dire quello! E'inutile parlare di certe cose, bisognorebbe rifare tutto, ricominciare da capo. Basta! Dammi il bastone! Voglio fare due passi".

Quante volte Adriano aveva sentito quelle frasi. Il nonno le sillabava a volte con noia, altre volte con rabbia appena repressa, quando all'improvviso si rendeva conto che le parole lo stavano portando lungo vie scabrose, dove lui in quel momento non era disposto ad andare. Eppure Adriano ricordava i giorni, seduti sotto il fico, quando il nonno gli ripeteva che bisognava parlare di tutto, e poi si affrettava ad aggiungere che tacere di certe cose voleva dire mettersi dalla parte di chi non vuole rivelare, di chi vuole il silenzio.

Angelica, affacciata alla finestra, aveva sentito lo scricchiolio del cancello e aveva visto Adriano. Stava per salutarlo quando dall'altra parte del giardino sentì la voce del nonno che dispiegava un altro suo discorso come aveva fatto tante altre volte. Decise di scendere anche lei in giardino. Voleva essere lì, come nel passato, con quei due che si guardavano negli occhi e cercavano di indovinare la prossima battuta che l'altro stava per buttar fuori nello spazio che li separava. Voleva essere lì anche lei per seguire i loro gesti, come aveva fatto tante altre volte, e al momento giusto, buttar fuori anche lei una battuta tanto rovente quanto quelle di quei due.

Ma quando arrivò in giardino, vide il nonno fermo appoggiato al bastone vicino al cancello. Pensò che stesse per incamminarsi per una delle sue solite passeggiate. Voleva dirgli di aspettare, di restare lì con loro, ma non disse niente. Restò ferma e fissò la maniglia del cancello. Adriano era fermo vicino al fico. Anche lui aspettava la prossima mossa del nonno. Sempre con le mani sul bastone, il nonno si girò e guardò prima Angelica poi Adriano. Lentamente si allontanò dal cancello e andò a sedersi sulla sedia che lo aspettava.

Le parole del nonno

"Perché mi guardate così? Voi non avete mai sentito queste cose,vero? E se le avete sentite ve le hanno narrate a modo loro. Vi hanno preso per mano e vi hanno detto di chiudere gli occhi e di affidarvi a loro e di seguirli. Avevano già spianato la strada, tolto ogni intoppo, ricoperto tutte le fosse scavate dal maltempo. Così voi non vi dovevate preoccupare di urtare i vostri piedini contro qualche sasso smosso e pronto a farvi del male. Avevano pensato a tutto. E voi mansueti e sorridenti li avete seguiti e vi siete fermati ad ascoltare i loro alati discorsi. Vi è sfiorata mai l'idea di sillabare una frase, di formulare una domanda bella, netta e incisiva e difficile da eludere? Adesso, a volte, mi arrabbio perché da quando voi avete cominciato a capire certe cose, vi ho sempre detto che a un certo punto bisogna tirarsi un po' indietro e spostare lo sguardo verso i margini, lungo le cuciture dei discorsi, bisogna sentire le pause inaspettate nel ritmo delle frasi. Quante volte mi sono seduto con voi e raccontandovi storie e aneddoti vi ho fatto notare che bisogna soffermarsi proprio lì, in quei vuoti improvvisi che a discapito di chi parla diventano fessure, dalle quali se farai attenzione riuscirai a scorgere il vero impianto del discorso che si svolge alla superficie? Avrei dovuto lasciarvi liberi di trastullarvi come facevano tutti i vostri amici e compagni. Oggi non sarei così arrabbiato e disilluso. Potrei raccontarvi tante altre storie. A cosa servirebbero? Forse solo a distrarvi per pochi minuti; sarebbe un altro intrattenimento per tener lontana la noia che vi assedia appena vi vedete soli con voi stessi, senza qualcosa confezionata, appunto, qualcosa per portarvi lontano lungo vie illusorie dove non c'è bisogno di sillabare domande.

"Va bene! Se volete potete pure ascoltare. Ma vi dico, però, che racconto queste cose più che altro per non dimenticarle, per sentirmele ancora vicine, necessarie alla mia composizione mentale, per mantenere a bada gli intoppi che, all'improvviso, certi giorni mi fanno guardare in alto senza sapere perché.

"In quegli anni era diventato pericoloso trovarsi con amici al bar o all'aperto a fare due passi. E non era meno pericoloso vedersi per caso con gente con cui nel passato avevi condiviso qualcosa, un'idea o solo una serata ad ascoltare qualcuno che era venuto a parlare del presente o di un desiderato futuro. Tutti sapevano che da qualche parte c'era sempre uno di loro che annotava nomi, orari, luoghi d'incontro. Sapevamo anche che quando un nome appariva più volte su un dato numero di pagine, inevitabilmente verso le tre di mattina quattro o cinque di loro si sarebbero scaraventati contro la porta di casa tua sbattendo mani e piedi da creare fracasso assordante da svegliare tutto il vicinato; e sapevamo che era una buona idea infilarsi i pantaloni e mettersi la camicia prima di andare ad aprire perché loro non ti avrebbero dato il tempo di buttarti qualcosa addosso se tu avessi aperto la porta in pigiama o in mutande. Appena sporgevi il capo o una mano fuori, ti aggredivano e ti trascinavano, e uno dopo l'altro si metteva a urlare il tuo nome per farlo sentire a tutto il vicinato. Se ti permettevi di gridare una frase di aiuto o cercavi di appena sillabare una parola, ti sputavano in faccia e i loro urli diventavano ancora più feroci. Ecco perché una mattina mi svegliai sudato fradicio e prima di andare in bagno a farmi la doccia decisi che l'unico modo di evitare quegli urli e quegli sputi era di andarmene, di lasciare tutto dietro di me. Sapevo che non sarebbe stato facile perché loro controllavano tutto, non solo i diversi uffici ai quali bisognava bussare per ottenere anche i più insignificanti documenti, ma controllavano perfino le vie che portavano fuori dal paese. C'era chi diceva che loro controllavano addirittura l'aria che si respirava. Se eri sfortunato ed eri costretto a chiedere un minimo aiuto, quando ti recavi a casa di uno di loro, prima di rispondere al tuo saluto quello ti guardava le mani. Mani vuote, ti sbatteva la porta in faccia. Da quel giorno in poi, quando lo vedevi per strada, era meglio non sprecare il saluto, per lui tu eri invisibile, finché non ritornavi a bussare alla sua porta con un bel voluminoso involucro in mano.

"Eravamo rimasti in quattro. Spendevamo ore, sempre all'aperto e lontano dall'ultima casa del paese, a proporre diversi posti dove incontrarci per parlare della disgraziata situazione in cui era cascata la nazione. Uno di noi suggeriva un posto che era prima accettato con entusiasmo e poi era scartato perché qualcuno ricordava che il proprietario di quel posto era uno che si alzava a ore insolite e nessuno poteva predire dove si sarebbe recato una volta sveglio. Dopo molte altre proposte riuscivamo infine a metterci d'accordo. Per un certo periodo durante l'inverno andavamo in una cantina svuotata che apparteneva a una vecchia signora, pro-zia di uno di noi quattro. Nessuno l'aveva vista uscire o affacciarsi a una finestra da anni. Ci sentivamo sicuri che non avremmo visto la sua faccia ormai sconosciuta apparire all'improvviso sull'ultimo scalino. Il posto, però, dove ci sentivamo veramente al sicuro era un sotterraneo di una casa abbandonata a metà costruzione. Nessuno di noi aveva mai visto qualcuno passarci davanti. Era lì sola in mezzo a un campo circondata da erba che cresceva sempre più alta ogni primavera e estate; l'erba cresceva, ingialliva, e abbassava il capo sotto la pioggia e il vento d'autunno. La prima sera che scendemmo lì giù non sapevamo cosa avremmo trovato. Ognuno accese la propria candela e ci guardammo intorno. C'erano solo delle scatole vuote in un angolo. Proprio quando la discussione di quella sera si era alquanto accaldata, sentimmo uno strano fruscio. Ci guardammo negli occhi e capimmo che avevamo tutti la stessa paura. Eravamo caduti nella trappola. Erano lì nell'ombra delle candele e aspettavano il momento più teso, quando presi dal nostro entusiasmo per qualche idea brillante eravamo sorridenti e rilassati, per saltarci addosso. Se qualcuno si fosse affacciato in quel momento, avrebbe visto quattro statue con gli occhi rivolti in alto. Non riesco a ricordare ancora oggi se durante quel momento di sospensione respiravo. Il fruscio che avevamo sentito si fermò in mezzo a noi e con un atteggiamento spensierato, come se fosse arrivato davanti al suo pasto del giorno e prima di mettersi a roderlo volesse goderselo con gli occhi, ci guardò uno dopo l'altro. Poi abbassò lo sguardo, si girò e trascinando una coda lunga e arricciata scomparve nel suo buco vicino a una delle scatole. Io non avevo mai visto un ratto così sicuro di sé. Restammo lì senza dire una parola e poi per rompere quell'assurdo silenzio ci mettemmo a dire che ormai per noi non c'era più spazio né all'aperto sotto il cielo né all'oscuro sotto terra, eravamo solo degli intrusi sia nello spazio controllato dagli uomini-avvoltoi, sia nel sotterraneo evidentemente controllato da quel ratto sicuro di sé.

"Ci trovammo altre notti in quel sotterraneo e ogni volta quel ratto si affacciava, faceva due passi, ci guardava uno dopo l'altro, abbassava lo sguardo come la prima volta e scompariva. Nella penombra delle candele l'ultima cosa che vedevamo era la lunga coda con il riccio. Poi sprecavamo il tempo a speculare che cosa pensasse quel ratto ogni volta che ci vedeva lì giù. Certe notti le cose diventavano molto più serie. Specialmente quando uno di noi, forse perché era più stanco del solito o forse perché era proprio stanco di quel tipo di vita, cominciava con dire che le cose dovevano cambiare, che qualcuno doveva arrivare e cambiare tutto. Non appena quello finiva di dire quelle cose, c'era di solito qualcun altro che si metteva a gridare e sbattendo i pugni contro la parete urlava che non avevamo bisogno di un altro, che noi dovevamo fare qualcosa, noi insieme, urlava che erano passati i tempi della provvidenza. Dicendo quelle cose continuava a dare pugni contro la parete in modo che nessuno osava più dire una parola. Restavamo così muti e poi uno di noi diceva che doveva andare perché si faceva tardi o che qualcuno lo aspettava; ognuno veniva fuori con qualche improbabile scusa per andarsene, per interrompere quel silenzio carico di stanchezza e di vergogna; vergogna di aver detto quelle parole, o di averle pensate, di aver immaginato la necessità di dare a qualcun altro la responsabilità di rifare le cose, di trovare il modo di rimetterle sulla giusta via.

"Quella notte decisi di partire, di lasciare tutto dietro di me e di andarmene, di ammettere così facendo che non avevo niente più da contribuire, che gli ostacoli erano diventati degli enormi massi, che il loro volume e la loro sostanza oscuravano qualsiasi possibile spiraglio. Il mio compagno che aveva preso a pugni la parete aveva ragione, e con quei pugni contro quel cemento aveva detto proprio tutta la nostra frustrazione.

"Non vi annoio con la narrazione di chi e di come mi informarono che dovevo partire un giorno di febbraio. La sera prima della partenza uno dei miei amici si ostinava a ripetermi che non dovevo accendere la luce della mia camera. Secondo lui anche sotto la pioggia o sotto la neve ci sarebbe potuto essere uno di loro pronto a dare l'allarme se avesse visto la luce accesa a un'ora insolita. Mi alzai e all'oscuro e con le dita infreddolite non riuscivo ad abbottonarmi né la camicia né i pantaloni. Poi presi lo zaino che avevo preparato la sera prima e scesi le scale a punta di piedi. Non avevo salutato nessuno la sera quando ero andato a letto. Prima di chiudere la porta mi girai e vidi le sedie lasciate in disordine davanti al camino. Per un istante sentii le voci e le risa e vidi i visi di quelli che si erano seduti lì la sera prima per conversare e per riscaldarsi attorno al focolare. Poi chiusi la porta e presi la via a sinistra che porta fuori dal paese.

La donna spettacolare

"Non so dirvi quanti chilometri feci a piedi attraverso pianure e monti. Ripensandoci, però, posso dire che non mi dispiacque farli perché vidi l'Italia e il suo paesaggio sorprendente con incantevoli bellezze naturali, comunque lasciamo stare. Vidi anche altre cose. Una mattina si fermò un camion e l'autista mi disse che se volevo potevo salire dietro con il carico che trasportava; faceva freddo quindi non esitai, e per due ore dovetti condividere gli sbalzi di quel camion con scatoloni di polli già strangolati ma ancora sanguinanti. La quarta mattina di quello straordinario tragitto, mi trovai sotto la pioggia sul ciglio della strada lontano da qualsiasi riparo. Mi avevano informato di aspettare proprio a quel punto. Dopo due ore non si vedeva ancora anima viva. Poi all'orizzonte apparve una macchina che rallentò proprio quando aveva quasi raggiunto il punto dove mi trovavo. Nonostante la pioggia fitta vidi che i due tipi incravattati e incappellati nella macchina continuavano a fissarmi mentre si allontanavano. Non passò molto e un'altra macchina spuntò all'orizzonte. Volevo scappare e raggiungere il bosco dall'altra parte del terreno coltivato, avevo paura. Non mi mossi. Forse ero stanco della pioggia e dei chilometri già fatti. Quando la macchina si fermò il giovane accanto all'autista disse che mi avrebbero portato a Genova. Durante il viaggio nessuno disse una parola. Dopo un'ora mi lasciarono davanti a una casa di campagna e mi dissero di essere pronto alle sei la mattina dopo.

"Stavo per bussare quando la porta si spalancò e apparve una donna enorme. Un corpo tanto grasso non lo avevo mai visto. Ero abituato a vedere donne essenziali. Sorrise e disse che si chiamava Mara. Non mi ero ancora mosso dalla soglia quando girò la testa carica di capelli rossastri e continuando a camminare disse di accomodarmi. Per la pima volta guardavo un corpo apparentemente ampio muoversi con tanta disinvoltura. Sul tavolo in un angolo della cucina c'era già una tazza di caffellatte, fette di pane, e su un piattino un'abbondante porzione di marmellata di mirtilli. Avevo fame e volevo mangiare ma non riuscivo a togliere lo sguardo da ogni gesto di quella donna, dal suo movimento fluido dal forno al lavabo al cassettone accanto alla porta della cucina. Lei se ne accorse e sorrise. Non so se quella mattina lei ripeteva le mosse di tutti i giorni, vi dico solo che i suoi gesti, i suoi movimenti trasformarono quella cucina in uno spazio nel quale ogni oggetto era lì per essere toccato, per contribuire a una messa in scena con un solo personaggio: lei che si piegava prendeva una pentola la metteva nel lavabo apriva il rubinetto raggiungeva il cassettone tirava fuori degli involucri li metteva sul banco ritornava al lavabo proprio prima che l'acqua arrivasse all'orlo della pentola chiudeva il rubinetto prendeva la pentola e la metteva sul forno che aveva acceso mentre andava dal cassettone al lavabo. Non avevo ancora assaggiato niente. Quella donna meravigliosamente grassa mi aveva fatto dimenticare la fame e mi aveva offerto uno spettacolo di movimenti, vorrei dire melliflui, ma vedo i vostri sorrisi ironici già lampeggiare sulle vostre labbra, allora dico invece: movimenti come l'acqua di un ruscello che scorre lungo un letto di pietruzze levigate. Dopo un'ultima scrosciata di pioggia durante la notte, le nuvole erano scomparse. Alle sei meno dieci ero già fuori ad aspettare i due del giorno prima. Mentre salivo sull'auto vidi che quella donna con tutti i suoi capelli rossastri sciolti sulle spalle era ferma alla finestra e sorrideva.

"Solo l'autista disse buongiorno quando ero già seduto. Arrivammo alle prime case della periferia di Genova e l'altro giovane disse che mi lasciavano lì, non molto lontano dal porto. Seguendo la strada che costeggiava il mare, dopo una mezz'ora, avrei visto una nave con la bandiera francese. Poi si girò e mi diede il passaporto. Subito lo aprii e lessi il nome: Fabrizio Parma.

La nebbia del mare

"Appena passammo quelle che una volta erano chiamate le colonne d'Ercole, la nave cominciò a fare l'altalena. Cercai di alzarmi dal letto un paio di volte; raggiungevo la porta ma non riuscivo ad aprirla perché sentivo il bisogno di scappare in bagno. Non feci altro che vomitare fino a Lisbona. La voce circolava che quel giorno nelle sale da pranzo si erano visti solo i camerieri; entravano con i vassoi colmi di piatti fumeggianti, vedevano le sedie vuote attorno ai tavoli, dondolavano la testa, e muti rientravano in cucina. Dopo Lisbona, una volta in alto mare mangiammo, bevemmo, e ballammo ogni notte fino all'alba.

"L'ultima sera, però, mentre eravamo ancora tutti a tavola e aspettavamo l'arrivo dei camerieri con i dolci e i digestivi, una voce, diversa da quella che di solito faceva gli annunci, ci disse che ormai avevamo raggiunto la nostra meta. La mattina dopo avremmo visto tutte quelle cose di cui avevamo sentito tanto parlare. Quando finalmente arrivarono i dolci, solo i bambini stesero le mani e ne afferrarono quanti ne volevano. Noi adulti restammo seduti e ognuno guardava il buio compatto oltre i vetri della sala.

"Avrebbero dovuto suonare qualcosa allegra per scomporre l'atmosfera inquieta che pesava su tutta la sala, invece dall'angolo dov'erano aggruppati i musicisti si sentirono le note di una di quelle tipiche canzoni napoletane; se non mi sbaglio, era quella che parla di Sorrento. Mi girai verso di loro perché volevo capire chi aveva fatto quella scelta. Vidi le stesse facce che suonavano come avevano fatto tutte le altre sere della traversata. Oggi riesco a dire che quella scelta era piena di ironia. Quella sera, però, guardando i volti dei miei vicini, che durante gli ultimi dieci giorni avevano sorriso e riso ogni sera come se avessero raggiunto uno spazio fuori dal tempo, pensai solo che quelle note e quelle parole erano sbagliate; chi aveva fatto la scelta era o un misero masochista o un grande buffone.

"Non riuscivo a dormire, ma non perché non vedevo l'ora di raggiungere il porto. Steso sul letto, a un certo punto vidi nel buio fitto della cabina apparire le facce adulte sedute attorno ai tavoli la sera prima; guardando i loro sguardi riconobbi me stesso; ero uno di loro; anch'io durante quei dieci giorni della traversata avevo smesso di pensare e mi ero illuso di aver raggiunto uno spazio dove certi tipi non potevano più afferrarmi, non si sarebbero più scaraventati contro la mia porta per trascinarmi in uno dei loro sotterranei. Capii, a quel punto, che non avrei dormito; era inutile restare a letto. Avevo già messo le mie cose nello zaino, lo presi e senza disturbare gli altri tre compagni di viaggio, che dormivano ancora, uscii e seguendo i corridoi in penombra raggiunsi una delle sale.

"Era ancora lì la vasta parete oscura che avevamo visto dalla sala da pranzo. La prua non aveva intaccato quella compatta presenza, e la nave apparentemente non si era per niente mossa. Volevo aprire il finestrino, ma avevo paura, tutta quella cosa buia avrebbe inondato lo spazio della sala. Ecco, i vostri sorrisi lampeggiano di nuovo sulle vostre labbra. Avete imparato tanto a scuola e siete pronti a farmi notare che quella non era una parete, era il solito buio della notte. E state già pensando che la mia non era altro che un'impressione, era un momento irrazionale, era il mare che con le sue altalene muta la percezione delle cose. Avete ragione! La prua, infatti, aveva continuato a fendere l'acqua e a sprofondare ciò che era apparso come una parete. Quando finalmente aprii uno dei finestrini, mi sfiorarono le guance fluttuanti fili di nebbia. Non mi mossi. Volevo essere lì per l'alba, per vedere la prima luce di quel giorno riflessa sulle strutture dell'isola. Uno passando lì vicino, come se sapesse perché ero affacciato al finestrino, mormorò che l'isola era coperta da una fitta nebbia. Non avremmo visto niente, solo quel lenzuolo grigio. Avremmo messo piede sulla banchina di quella nuova terra e saremmo stati avvolti noi stessi da quell'esalazione atmosferica; avremmo portato in giro per sempre la mancanza di quell'approccio all'isola con le sue strutture verticali, strutture che nella nostra esperienza noi avevamo conosciuto solo passando davanti a chiese e campanili. Forse quello, preso anche lui dal movimento del mare, si sbagliava, forse aveva sentito male. Anche se fosse stato proprio come aveva detto lui, io non potevo fare altro che rimanere lì, avere fiducia. Il sole sarebbe sorto e avrebbe bruciato quel lenzuolo grigio e avrebbe reso l'inconfondibile profilo dell'isola chiaro e distinto ai nostri avidi sguardi.

"Ero rimasto al finestrino anche perché volevo dire che ero passato accanto alla famosa statua, che l'avevo vista. Ma il mare e la nebbia, quando accoppiati, possono fare dei brutti scherzi. Me lo avete fatto già notare con i vostri sorrisi ironici. Dall'altra parte del ponte qualcuno gridava: "La statua, la statua"! Mi girai pensando che avevo sbagliato lato. Vidi invece che la folla si precipitava verso la mia parte. Poi chi si affrettava ad aprire gli altri finestrini, chi spalancava le porte della sala e saltava giù per gli scalini che portavano alla prua. Abbandonai lo spazio circolare e ristretto dell'oblò e scesi anch'io verso lo spazio della prua. La nebbia non si era mossa. Gli oggetti spigolosi di solito presenti in quello spazio erano apparentemente scomparsi. Eravamo scesi tutti in un largo e fitto grigiore. Sole le nostre teste spuntavano da tutto quel grigio. All'improvviso apparve un braccio innalzato. Sentii i brividi della recente paura. In quel braccio rividi il falso saluto che pensavo di aver lasciato dietro di me per sempre. Non mi ero affatto allontanato! La nave aveva girato in alto mare ed era ritornata dove regnava ancora quel saluto! Stavo arrivando in un posto dove mi davano il benvenuto addirittura con quel gesto solo apparentemente pacifico. Ero caduto di nuovo nella trappola! Mi girai a sinistra e vidi una donna con uno scialle che le copriva testa e spalle; non si reggeva in piedi, cercava di appoggiarsi a qualcosa ma non riusciva a toccare niente di solido. Mi avvicinai per aiutarla; lei fece un gesto con la mano per farmi capire che non aveva bisogno di me. Notai, mentre si girava dall'altra parte, che aveva gli occhi pieni di lacrime. Che cosa volevano dire quelle lacrime? Che cosa aveva visto quella donna in quel braccio levato in alto? Io e lei avevamo visto la stessa cosa? C'eravamo illusi tutti e due di aver lasciato quel saluto per sempre dietro di noi? Saranno stati il mare e la nebbia a confondermi la mente, a ribaltare il tempo e lo spazio, a farmi sentire l'eco della risata ironica e beffarda degli dei: quelli che ti fanno sperare e poi si mettono a ridere e ti rivelano la trappola, quella che ti accompagna come la tua ombra; tu pensavi di andare avanti nel tempo e nello spazio, invece non avevi fatto altro che girare nello spazio contenuto della trappola. Allora non c'era via d'uscita! Ma la nave era già passata oltre la statua e l'istante si era sciolto nel tempo che evidentemente fluiva. Mi girai indietro e vidi che il braccio era ancora lì innalzato e immobile. Davanti a noi c'era l'isola coperta dalla nebbia, ma se ciò che ci avevano raccontato era vero, le vie che portavano dove dovevamo andare erano illuminate e aspettavano proprio i nostri passi lenti e duri.

La porta socchiusa

"All'improvviso sentimmo una voce che urlava di prepararsi e di mettersi in fila con il passaporto aperto alla pagina con la foto. Era la stessa voce che avevamo sentito dal primo giorno della traversata, la voce che aveva imposto limiti di accesso a noi che viaggiavamo in terza classe, perciò la fila si formò prima che quella voce avesse finito di urlare. Avevo già aperto il passaporto quando mi accorsi che avevo dimenticato l'ombrello giù in cabina. Che cosa dovevo fare? Abbandonare il posto in fila per scendere giù e seguire i vari corridoi fino alla cabina? Chissà chi avrei incontrato seguendo quel percorso labirintico? Qualcuno mi aveva regalato quell'ombrello, ma non riuscivo a ricordare chi fosse. Decisi di non muovermi. Da dove mi trovavo in fila, riuscivo a vedere il tavolo con i tre uomini in giacca e cravatta; senza guardare in faccia chi era arrivato davanti al tavolo e porgeva i documenti, quei tre tipi nei loro gesti calcolati e ripetitivi sembravano tre figure sonnolenti e distratte, si trovavano lì ma potevano stare da qualsiasi altra parte, con le loro facce floride, con un sorriso eternamente incollato sulle labbra. Guardandoli cercavo di capire chi erano quei tre che alzavano lo sguardo solo di sfuggita, come se si degnassero di guardare quelli in piedi dall'altra parte del tavolo solo perché qualcuno da qualche parte glielo stesse imponendo. E, non so perché, riuscivo solo a concludere che quelli non avevano nessun problema personale, che non si preoccupavano di niente, che sapevano esattamente a che ora sarebbero ritornati a casa dopo una giornata come tutte le altre, che le mogli li avrebbero accolti con un sorriso anch'esso eterno, e che dalla soglia di casa avrebbero visto la cena fumeggiante su un tavolo irradiato da una luce incandescente e pura.

"Quando finalmente mi trovai davanti al tavolo con la mano sinistra in avanti che porgeva il passaporto, uno di quei tre afferrò il documento e mi guardò. Non avevo mai sentito il cuore battermi con tanto strazio entro il petto, nemmeno quella notte di pochi anni prima quando stavo per aprire la porta di casa e i soliti tipi mi saltarono addosso e mi trascinarono in un sotterraneo, urlando che avrebbero usato i miei occhi come bersaglio per il tiro a segno. Afferrai il lembo della giacca e lo strinsi pensando che fosse il solo modo di mantenermi immobile e di poter guardare le mani che sfogliavano lentamente le pagine del passaporto. Tutto a un tratto, come se mi svegliassi all'improvviso e cominciassi di nuovo a percepire le cose esterne, mi accorsi che stavano parlando tra di loro, ma non riuscivo a capire assolutamente niente. Cercavo di afferrare qualcosa dal ritmo e dal tono, ma era impossibile perché le loro frasi erano brevissime e non solo uscivano dalle loro bocche tutte uguali ma finivano prima che si stabilisse un ritmo definitivo. A un certo punto mi resi conto che quei tre avevano smesso di parlare e mi fissavano. Non sapevo dove guardare. Quale sguardo affrontare. Abbassai gli occhi verso il mio passaporto, aperto sul tavolo. Era l'unica cosa che non mi era estranea quella mattina.

"Mi scosse una voce maschile che parlava un italiano mai sentito prima. Mi girai verso destra e vidi un uomo sulla quarantina rigido, sull'attenti, ma non era militare; portava una giacca a tre bottoni, tutti abbottonati, e un berretto con la visiera che gli copriva la fronte lasciando gli occhi di un blu chiarissimo appena visibili. Non avevo capito proprio niente di ciò che aveva appena finito di dire. Lui mi guardò e cominciò a parlare di nuovo. Mi misi ad ascoltare attentamente per afferrare ciò che stava dicendo. Mentre ascoltavo, cercavo di tradurre i suoni che sentivo uscire dalla bocca di quellla figura sempre rigida e sull'attenti. Riuscii a capire che l'uomo con il mio passaporto voleva sapere come mi chiamavo. Risposi quasi balbettando che il nome era scritto sul passaporto. Mentre rispondevo, sentivo che quello seduto dall'altra parte del tavolo già diceva qualcos'altro. Pensai dicesse che qualcosa non andava bene con il nome. Non so perché reagii mettendo la mano nella tasca della giacca pensando di trovare la mia carta d'identità, che da molti giorni non era altro che cenere. Cercavo di pronunciare ogni parola "senza" enfasi, senza il senso d'urgenza che in quel momento mi aveva condotto sull'orlo dell'abisso e mi faceva rivedere solo i sotterranei, gli urli, le risate arroganti che fino a quella mattina mi ero illuso di aver lasciato dietro di me per sempre. Mi riportò via dall'abisso una brusca vibrazione delle corde vocali dell'uomo che aveva afferrato il mio passaporto solo pochi minuti prima, minuti che erano sembrati ore interminabili. Riuscii ad alzare lentamente lo sguardo e vidi di nuovo il sorriso incollato sulle labbra e finalmente la mano che mi porgeva il passaporto.

La materia eterna

"Durante quegli anni cominciai veramente a capire che le cose fatte non sono eterne, che possono subire cambiamenti dalla mattina alla sera, se non addirittura da un minuto all'altro. Voi sapete che mi è sempre piaciuto camminare, andare in giro per le vie intrecciate di città e arrampicarmi lungo gli irti viottoli di montagne. Forse proprio questo mio modo di lasciarmi andare mi ha fatto conoscere il mondo, mi ha portato davanti a cose inaspettate, che mi hanno costretto a rivedere tutto ciò che pensavo di aver capito e che avevo inserito in strutture cristallizzate dalle esperienze e dal tempo. Ripensando a quella città e agli anni passati andando da nord a sud da est a ovest vi dico che il mio girovagare mi portò a guardare ogni cosa come se la vedessi per la prima volta. Fra tutte quelle strutture sovrastanti imparai a guardare di nuovo. Imparai anche ad ascoltare di nuovo. Lungo le strade di quella città ritornai a rivedere i giorni passati al fronte nella neve con l'indice che accarezzava il grilletto e gli occhi e le orecchie che percepivano ogni vuoto e ogni traccia nelle onde di vento che si levavano all'improvviso e mi sfioravano la fronte. Accovacciato nelle trincee con i piedi affondati nel fango gelido e fetido, avevo imparato a distinguere le onde lisce e pulite da quelle che avevano toccato i corpi e i fucili del nemico dall'altra parte del fiume. Girando per la città, fra i tanti frastuoni che si sprigionavano in un flusso continuo giorno e notte, mi sorprendeva spesso il rombo di strane esplosioni, a volte proprio lì in centro, fra i grattacieli e le case a due piani, dette "brownstone." Quante volte mentre giravo un angolo scorgevo gruppi di uomini, con in testa elmetti rossi, che si aggiravano attorno a un edificio, si guardavano e con un semplice cenno si spostavano chi a destra chi a sinistra, chi entrava nell'edificio, chi si fermava e guardava in alto. La prima volta mi avvicinai incuriosito non solo da quei movimenti scattanti degli elmetti rossi, ma anche da signori con cartelle luccicanti, madri con bambini per mano, ragazzini con zainetti, tutti fermi in un semicerchio sul marciapiede opposto all'edificio. Raggiunsi il gruppo e anch'io rivolsi lo sguardo verso l'imponente struttura che sembrava essere assediata da quelle figure sotto gli elmetti che andavano da una parte all'altra in movimenti sincronizzati. Quel giorno tutto a un tratto sentii l'urlo di uno degli uomini con l'elmetto rosso e poi vidi che mentre urlava quell'uomo premeva con la mano destra un pulsante che sembrava arancione. Io dall'esplosione mi aspettavo perlomeno schegge dappertutto. Invece niente, solo l'assordante rombo dell'esplosione, lo sfracassarsi interno di materiali e la nuvola grigiastra che come se qualcuno la stesse guidando verticalmente s'innalzava oltre gli altri edifici, ancora intatti. Nessuno di quelli in semicerchio si era mosso. Eravamo tutti lì immobili con sguardi allucinati. Su quell'isola, nel centro della città, fra tutti quei grattacieli, quegli uomini con gli elmetti rossi avevano fatto esplodere un edificio che il giorno prima mi era apparso in ottime condizioni. Ma la cosa ancora più incredibile sarebbe successa il giorno dopo. Senza emettere un suono, senza scambiarsi una parola, quasi tutti quelli che erano restati con il fiato sospeso davanti all'esplosione, ritornarono sullo stesso marciapiede il giorno dopo. Eravamo tutti lì a bocca aperta perché vedevamo già una nuova struttura dove il giorno prima avevamo visto le mura dell'altro edificio ripiegarsi su se stesse.

Le mani programmate

"Durante quegli anni il lavoro più divertente e più duro lo trovai in un enorme fabbrica di mobili. Entrando in quel posto solo la presenza dei banchi ti riportava alle nostre vecchie falegnamerie: le nostre piccole botteghe con due banchi, uno al centro per il mastro, l'altro vicino a una delle pareti per gli apprendisti. La differenza non si notava solo nella disposizione dei banchi. Il lavoro che si svolgeva sotto quel capannone non era per niente simile a quello che avevano sempre svolto i nostri falegnami, quelli che mettevano le mani su ogni parte del mobile, che lo costruivano pezzo per pezzo sotto gli occhi meravigliati degli apprendisti. No, quella fabbrica era tutt'altra cosa. Un giorno un altro italiano che lavorava accanto a me dalla prima sirena del mattino all'ultima del pomeriggio mi raccontò che il padrone era uno che ammirava Ford e il fordismo. Io a quei tempi sapevo solo delle automobili Ford, del fordismo non aveva mai sentito parlare. All'uscita un pomeriggio ci fermammo a bere qualcosa in un bar all'altro angolo dalla fabbrica, e il mio compagno di banco mi spiegò che il padrone era stato uno dei primi a far costruire il capannone con al centro un lunghissimo banco affiancato da banchi più piccoli situati a una calcolata distanza l'uno dall'altro. Ford faceva costruire automibili e il suo ammiratore aveva fatto costruire una versione della catena di montaggio per costruire mobili. Ogni pezzo costruito in quella fabbrica era il prodotto di un sistema che seguiva regole dettate dall'enorme orologio appeso sopra la porta principale e dai cinque tipi in camici bianchi che si aggiravano tutto il giorno dall'altra parte di un vetrata al lato destro della fabbrica. Il primo giorno, quando mi condussero al banco dove avrei dovuto lavorare, fra tante cose da notare, non riuscivo a togliere lo sguardo dal numero sedici illuminato al neon sopra il banco. Il capo reparto che mi accompagnava lo notò e mi disse che quello era il mio numero. Lo guardai ma non seppi reagire. Avrei dovuto chiedere cosa aveva a che fare con me il numero sedici. Dovetti aspettare il giorno dopo per sapere che io e gli altri due operai avevamo sedici secondi per mettere insieme il pezzo del mobile assegnatoci, né un secondo in meno né un secondo in più. Al diciassettesimo secondo il pezzo doveva essere già sul banco centrale, da dove era preso da altri operai che facevano la loro parte nella prossima calcolata tappa della costruzione del mobile. Guai se un gruppo finiva prima o dopo i secondi sempre accesi in quella luce ossessionante che assorbiva le ombre di ogni forma connessa a quel dato banco.

"Ogni mattina si ripeteva lo stesso rito: prima suonava la sirena del raduno seguita dalla recita del saluto alla bandiera americana, che sventolava non solo sul palo davanti al capannone ma anche a destra dell'entrata centrale e a sinistra della porta al lato opposto. Appena finito il saluto, si sentiva un fischio acuto della sirena che rimbombava all'interno del capannone e accendeva tutti i macchinari e i numeri sopra i banchi. A quel punto ogni operaio doveva già trovarsi al posto assegnatogli dal capo reparto. Il minimo ritardo avrebbe causato un vuoto nell'ingranaggio della catena e il pezzo che doveva essere finito e passato al prossimo punto calcolato avrebbe invece continuato il percorso fino alla fine mutilato, senza un piede o senza una porta, comunque con un difetto. Il primo a sentire lo sfrenato tremito del corpulento direttore del capannone, quando un pezzo arrivava incompleto, era il capo del reparto responsabile per il pezzo assente. La mancanza di un pezzo voleva dire che il capo non era stato presente vicino a quel banco per contare le mani che erano state assegnate per completare quella parte del mobile. La cosa non finiva mai con il tremito di quell'enorme direttore. Il gruppo che lo seguiva dappertutto prendeva il mobile mutilato e lo lasciava il resto della giornata davanti alla porta principale. Mentre il fischio acuto del pomeriggio spegneva i macchinari e i numeri sui banchi, il direttore sbarrava la porta dell'entrata. Eravamo tutti rinchiusi nel capannone e costretti ad ascoltare un lungo discorso di quell'uomo, sul significato della puntualità e del senso di responsabilità, che, secondo lui, erano ignorati ogni volta che un mobile arrivava alla fine del banco centrale con una parte assente; terminava ogni discorso parafrasando certe espressioni del padrone, il quale non si era mai degnato di presentarsi in persona fra i banchi da lui voluti. Nessuno di noi, però, poteva ignorare i suoi occhi sporgenti dall'enorme ritratto appeso sotto l'orologio.

Le dita antagonistiche

"Quasi ogni notte mi svegliavo sudato fradicio dopo il solito sogno, voglio dire dopo il solito incubo. Voi v'immaginate che io abbia fatto uno di quei sogni con l'orologio che cresce con ogni battito e si trasforma in una gigantesca bocca e inghiottisce l'enorme capannone con tutti i mobili e tutti gli operai. No, vi sbagliate miei cari ragazzi. I miei incubi cominciavano sempre in un ambiente ultra realistico e incantevole. Ho detto "sogno" prima proprio perché l'inizio di ciò che diventava poi incubo appariva sempre come un ambiente accogliente. Era il capannone senza gli occhi sporgenti del padrone e senza l'alito del caporeparto che ti aggrediva ogni volta che tu lo credevi lontano dal tuo banco. Cominciava così: mi trovavo davanti all'entrata centrale con le porte spalancate e un'onda di luce che faceva palpitare il cemento dei muri e del pavimento. Non dovevo fare nessuno sforzo, solo andare avanti ed entrare. Una volta oltre la soglia mi giravo incredulo di tutto quel chiarore e vedevo la bandiera americana sventolare vicino all'entrata, anche se io non mi ero accorto del vento. Girandomi mi trovavo vicino al mio solito banco. Ero solo. Mi guardavo intorno e vedevo il capannone deserto. Tutti i macchinari erano accesi ma non avevo sentito la solita sirena della mattina. Da qualche parte sul banco apparivano i diversi pezzi che di solito dovevamo assemblare. Ma non c'era nessuno. Toccava a me fare tutto.

"Sentivo l'esigenza di mettermi subito a lavorare e riuscivo a fare ciò che durante il giorno eravamo in tre a mettere sulla catena scorrevole. Proprio a quel punto il sogno accogliente e lucido s'incrinava. Scompariva la luce dolce e chiara, e gli oggetti sotto il capannone perdevano la loro forma distinta. Io avevo il pezzo fra le mani; mi giravo per metterlo sul banco centrale, ma mentre la mia intenzione era di poggiarlo dove dovevo metterlo, le dita restavano attaccate al pezzo, avevano deciso di non agire, di non abbandonare quella cosa che dopo tutto erano state proprio loro a preparare. Il banco centrale, però, non si fermava e a quel punto apparivano delle figure avvolte in tute gialle con le braccia tese tutte rivolte verso di me. Urlavo: lasciatelo! lasciatelo! Ma non riuscivo a comunicare quel comando alle mie dita che stringevano ancora più forte il pezzo mentre la fascia del banco non smetteva di scorrere. Le figure che avevano teso le braccia si scioglievano come un pezzo di ghiaccio su un fornello acceso. Era tutta colpa mia! Ero io quello che aveva causato la distruzione di quelle figure che dopotutto volevano solo che io ponessi il pezzo sul banco, che la catena continuasse fino all'ultimo anello. Chi altro aveva visto quelle figure trasformarsi in liquido, scomparire per sempre? Ero io il colpevole! No! Erano le mie dita! Loro stringevano ancora quel pezzo. Loro avevano tagliato il filo di comunicazione fra la mia volontà e loro. Loro avevano deciso di fare di testa propria, di opporsi al fluire del tempo del capannone. Io volevo ritrovarmi ancora nel sogno accogliente dell'inizio, mentre loro evidentemente volevano trasformare il capannone. A quel punto mi svegliavo tutto bagnato, aprivo gli occhi, e aspettavo la prima luce del giorno riflessa sui vetri della finestra.

Il fumo estasiante

"Uscivamo dalla porta posteriore per recarci alla mensa che era lì a due passi dal capannone. Ci davano quarantacinque minuti per il pranzo, nemmeno un'ora. Quasi tutti si affrettavano a finire entro venti minuti per poi potersi rilassare, fuori seduti sulle panchine allineati lungo il muro del capannone. La maggioranza accendeva subito quella sigaretta che durante tutta la mattinata aveva pregustato. Se facevi attenzione, notavi che alla prima boccata i fumatori più accaniti chiudevano gli occhi mentre volgevano lo sguardo in alto. Chissà cosa vedevano? Quando aprivano di nuovo gli occhi, si guardavano intorno come se fossero appena ritornati da un viaggio estasiante. Forse quello sguardo diceva semplicemente che durante quei minuti quegli uomini si sentivano liberi, distanti dai macchinari e dalla catena di montaggio. Io e alcuni altri ci appartavamo a uno dei tavoli distanti dalla porta e dai gruppi di fumatori. Lì, di solito, facevamo discorsi svariati, parlavamo un po' di tutto. Un giorno uno del gruppo mi chiese il cognome. Gli risposi: Parma. Quella parola scatenò un fiume di domande. Pensavano che uno con un tale cognome dovesse per forza avere a che fare con la produzione del formaggio parmigiano. Volevano sentire ogni dettaglio di come si arrivava a creare un prodotto così gustoso. Io li guardavo e sorridevo. Avrei potuto semplicemente dire che della produzione di quel formaggio non ne sapevo proprio niente. Ci pensai e decisi di divertirmi. Allora mi misi a inventare un sacco di cose per soddisfare la loro curiosità. Cominciai così:

Il racconto del formaggio

"Ci sono praterie che se ti metti a cavallo la mattina all'alba quando ti trovi davanti al primo tramonto di quel giorno non hai veramente ancora toccato il centro. Se vuoi veramente raggiungere la circonferenza di quelle immense praterie, devi trovarti davanti ad altre due o tre albe e ad altri due o tre tramonti. E forse nemmeno allora sarai arrivato alla tua meta. Questo se decidi di andare dall' est all' ovest. Se invece vai verso il nord, a metà mattina sei già vicino alle valli e alle colline con erba tanto alta che durante tutto il mese di maggio le mucche che arrivano a pascolare lì sù scompariscono in essa, come se fossero foglie spinte da una folata di vento. Tu vorresti seguirle, anzi dovresti, perché te le hanno affidate, ma non rischi, l'erba è troppo alta, ti rassegni ad aspettare che le mucche appena sazie decidano di venir fuori a godersi il sole. E quando finalmente riappariscono, leggi nei loro sguardi la voglia di compiere imprese pericolose e trascendenti. Tu hai quasi paura di avvicinarle. E vorresti capire che cosa hanno fatto in quell'erba tanto alta, che cosa hanno visto in quell'erba che odora di fragole. Ma il tramonto si avvicina e tu devi in qualche modo condurle alle stalle giù in pianura.

"La mattina tutto il caseggiato si sveglia al canto di sette galli che cantano a cappella e in armonia per esattamente due minuti. Poi i galli ritornano a rannicchiarsi accanto alle loro galline preferite. Ogni gallo ne ha nove, esse lo circondano appena lo rivedono. Tutte le finestre del casale sono spalancate in estate come in inverno, con il sole o con le nuvole. Uomini e donne, giovani e anziani, scendono giù in una vasta sala per la colazione. Prima di sedersi a uno dei lunghi tavoli, ognuno prende fette di pane, burro, e la sua marmellata preferita e aspetta che gli porgano la ciotola di caffellate. Proprio all'istante prima che il biancheggiar dell'orizzonte mattutino è sfiorato dai primi raggi solari, si sentono il brusio e i passi svelti di tutta la sala da pranzo; la colazione è finita e tutti, eccetto i più piccoli e alcuni anziani, si recano allegri verso le lunghe stalle, dove le mucche si guardano intorno ansiose, aspettano mani che tocchino le loro mammelle. E ogni uomo e ogni donna afferra lo scanno appeso accanto alla mangiatoia e lo poggia vicino alla propria mucca, poi tocca le mammelle gonfie di latte che vuole essere munto. Con le prime spruzzate sullo zinco dei secchi si sentono le prime note della prima canzone del giorno: "*O campagnola bella/tu sei la reginella/negli occhi tuoi c'è il sole...*" A volte sono voci maschili a dare l'avvio; certe mattine sono le voci femminili a risuonare risolute e chiare, piene di tanta audacia da sopraffare le voci maschili, che si arrendono e lasciano che le femmine dominino; altre mattine se per caso passi davanti alle stalle ti fermi perché senti cose mai sentite. Prima ti preoccupi perché pensi che qualcuno in quelle stalle stia soffrendo. E vorresti entrare e intervenire. Appena ti giri e metti il piede sinistro sulla soglia ti rendi conto che quelle voci stanno duellando e allora ti metti ad ascoltare come se sentissi quel cantare contrastante per la prima volta; senti le voci femminili acute e scintillanti e le voci maschili che tentano di attorccigliarsi a quelle femminili perché vorrebbero attutirle, spegnere le scintille che sfiorano il soffitto, che si moltiplicano e coprono come un manto di stelle il vuoto delle stalle. All'improvviso le voci si spengono. Le mammelle non offrono più latte. Allora l'uomo o la donna vicino a quella mucca si alza, prende lo scanno e levandolo in alto dà il segnale di smettere il canto. Durante gli ultimi minuti della mattinata si sente solo il caotico suono di latte spremuto dalle mammelle che s'immerge nel latte già raccolto nella forma circolare del secchio. E così le altre mammelle vengono svuotate e la fila prende i secchi colmi e s'incammina verso la struttura accanto alle stalle, dove da dopo colazione gruppi di uomini e donne vegliano il fuoco acceso sotto una lunga fila di caldaie. Vigila l'entrata di quella struttura una donna anziana. Solo lei ha il potere di aprire la porta al momento giusto quando, secondo il suo sguardo, sulle caldaie si spande il primo lieve rossore. Ciò vuol dire che l'interno è riscaldato abbastanza da ricevere il latte e iniziare il processo del riscaldamento che si conclude con l'effetto del caglio, la trasformazione del liquido in sostanza solida. Sì, proprio in quel momento, quando le caldaie sembrano respirare, la donna anziana spalanca la porta e lascia entrare la fila con i secchi colmi di latte. I primi a entrare devono raggiungere l'ultima caldaia; gli ultimi si fermano davanti alla caldaia vicino all'entrata. L'anziana chiude la porta e fa due passi verso la fila dei secchi. Si ferma proprio dove tutti possono vedere il suo braccio destro che lei alza lentamente, come se avesse in mano una leva, e indica di svuotare tutti i secchi nelle caldaie allo stesso momento. Si sente brevemente l'impetuoso suono di medie cascate che rimbomba tra le pareti di quella struttura e poi scompare. Se fai attenzione, ti rendi conto che quel suono è sostituito dai passi duri della fila che esce dalla porta opposta e si dirige verso la lunga vasca d'acqua corrente, dove vengono lavati i secchi e poi appesi ai ganci della copertura che protegge la vasca. Poi alcuni ritornano alle stalle per pulirle e per far uscire le mucche a pascolare, altri si fermano al caseificio e aspettano che il latte si coaguli per versarlo nelle forme circolari disposte sui banchi lungo la fila delle caldaie. Quelle belle forme rotonde sono poi messe su carrelli e trasportate in sotterranei scavati a due piani di profondità. All'entrata di ogni lungo stanzone c'è una giovane donna che apre la porta e lascia entrare un numero predeterminato di carrelli. Solo donne prendono le forme e le pongono su scaffali a tre livelli. Poi ogni giovane chiude la porta e non la apre per sette mesi. Durante quei mesi nessuno può entrare in quegli stanzoni sotterranei. La presenza di un essere umano potrebbe alterare l'atmosfera necessaria per la lunga gestione che porta alla forma perfetta e al sapore ineguagliabile del formaggio parmigiano.

"D'estate subito dopo il tramonto ognuno porta la propria sedia fuori nel vasto piazzale. Bambini, giovani, e anziani appena si siedono rivolgono lo sguardo verso la porta da dove sembra uscire tutto il buio che lentamente si diffonde per il piazzale e avvolge le strutture che lo circondano. Da quella porta solo dopo il tramonto appare una donna cieca. E' alta e snella e veste una lunga gonna verde. Vive nella sua oscurità da quando aveva tre anni. Solo lei sa tutto di ogni attività che bisogna svolgere per la creazione del formaggio. E solo lei sa la storia lontana nei tempi: dei primi antenati, che un giorno d'inverno, con il vento che bussava senza tregua alle finestre e la neve che aveva già coperto tutte le porte, seduti accanto al focolare, con la legna che sparava scintille fino agli angoli più distanti della grande cucina, si guardarono negli occhi e bisbigliarono il loro desiderio di voler mordere un gustoso formaggio con un pizzico di amaro, di quel sapore che per un istante ti fa socchiudere gli occhi e non ti fa pensare ad altro. Quei tre non avevano mai assaggiato un formaggio di tale sapore. Quel giorno, con il vento e la neve e con la bottiglia di vino scurissimo, quasi nero, che uno di loro aveva appena mesciuto dalla botte più panciuta giù in cantina, quei tre antenati espressero il loro desiderio di creare una cosa nuova, diversa, dettata dall'immaginazione delle loro ghiandole salivare. Come fare? Sapevano che il latte delle loro mucche era il migliore, ma al formaggio prodotto da quel latte mancava qualcosa. E allora uno dei tre, Virgilio, disse che forse bisognava cambiare la legna che loro avevano sempre arso sotto le caldaie. Il giorno dopo, sotto la neve che continuava a venir giù e con il vento che se osavi esporre un dito te lo tagliava, Virgilio incappucciato da capo a piede prese l'accetta e s'incamminò verso il bosco. Vide un pino, lo tagliò e ne portò alcuni pezzi da ardere sotto le caldaie. Non era la legna che ci voleva. Allora Virgilio ritornò al bosco, vide un abete, lo tagliò e ne portò alcuni pezzi da ardere sotto le caldaie. Non era la legna che ci voleva. Al formaggio continuava a mancare qualcosa. Virgilio prese di nuovo l'accetta e andò al bosco. Vide diversi alberi ma non si fermò a tagliarli, continuò a camminare e s'inoltrò nel bosco. Proprio prima del tramonto si fermò a sette metri lontano da una forma d'albero che non aveva mai visto prima. Non sapeva cosa fare. La poca luce che filtrava tra i rami e le foglie si affievoliva. Doveva decidere. Si avvicinò. Dimenticò il pericolo del vento e si tolse il guanto dalla mano sinistra. Toccò l'albero ma non riuscì a identificarlo. Sotto la mano, la corteccia gli faceva pensare a un pino, ma poteva anche essere un abete; decise di spostarsi dall'altra parte. La luce stava ormai scomparendo. Appena toccò l'altra parte, pensò a una quercia. Poteva essere una quercia. Ricordò alcune cose e si chiese cosa ci faceva una quercia in mezzo a quel bosco. Guardò in alto ma i rami e le foglie erano solo buio. La luce era scomparsa e le cose erano sfumate le une nelle altre. Pensò che forse aspettavano il tramonto ogni sera per congiungersi, per cancellare ogni distinzione. Poi si tolse l'altro guanto e toccò con tutt'e due le mani quell'albero che aveva visto per la prima volta. Doveva tagliarlo, e portarne alcuni pezzi per le caldaie. Il buio era sceso lungo il tronco e lungo il suo corpo. Virgilio non vedeva più né le sue mani né il tronco che aveva toccato prima. Non sapeva piu cosa doveva fare. Perché si era inoltrato nel bosco? Che cosa aveva toccato prima che la luce scomparisse? Pensò a quelli che lo aspettavano accanto al focolare, si mise i guanti, e prese l'accetta. Era pesante. Non l'aveva mai sentita così pesante. Sentì che doveva infliggere il primo taglio dove aveva messo le mani. Chiuse gli occhi, erano inutili, alzò l'accetta e inflisse il taglio. Fu il primo e l'ultimo. Era bastato un solo tocco della lama a far spezzettare quell'albero in un mucchio di legna.

"Nessuno si era mosso. Mi fissavano e notai che più parlavo più gli occhi di tutti si spalancavano. Era come se fossero arrivati affamati a quel tavolo e il mio racconto offriva un piatto colmo di cibo fumeggiante. Perciò quando non sentirono più la mia voce si guardarono attorno amareggiati, come se avessi fatto scomparire quel piatto che prima avevo offerto. Non dissero niente. Il solito fischio della sirena, sempre puntuale, ci disse di ritornare ai banchi che ci aspettavano.

Il modo di andare

"Vi ho già detto che le mie lunghe passeggiate mi fecero conoscere quell'isola da sud a nord e da est a ovest. Perciò quando qualcuno mi chiedeva come raggiungere uno dei tanti musei o uno dei mille ristoranti non esitavo un secondo, davo indicazioni precise per andare a piedi o per prendere la metropolitana o l'autobus. Una volta mentre aspettavo l'arrivo di un autobus che non arrivava notai un uomo e una donna avvicinarsi cautamente verso il gruppo che annoiato e infastidito dal solito ritardo dell'autobus tirava calci alla panchina e volgeva lo sguardo verso il cielo, quasi volesse implorare l'aiuto di qualche essere divino. Comunque la donna e l'uomo quando arrivarono davanti a uno di quelli che aspettevano lo guardavano in faccia, poi si scambiavano delle occhiate e abbassavano lo sguardo prima di procedere verso un altro. Io ero appoggiato al muro, dietro di tutti, e osservano distrattamente i movimenti di quei due, pensando che non sarebbero mai arrivati fino a me. Invece, proprio mentre facevo quel pensiero, me li vidi davanti e mi resi conto che l'uomo mi chiedeva se l'autobus che aspettavamo si fermava davanti al museo che lui e sua moglie volevano raggiungere. Quando finalmente mi trovai seduto nell'autobus, mi chiesi perché quella coppia aveva guardato tante facce e poi si era fermata davanti a me? Che cosa avevano visto in me che non avevano visto negli occhi di quelli, che come me, erano annoiati e infastiditi dall'autobus che non arrivava? La risposta la lascio a voi!

"Un giorno camminando lungo le strade del centro mi fermai per lasciar passare una fila di uomini che da quelle parti chiamavano "sandwich men" , cioè "uomini-panino." Erano dei disoccupati che per pochi centesimi l'ora erano disposti a farsi trasformare in messaggi pubblicitari ambulanti. Dalla mattina alla tarda sera rifacevano lo stesso tratto di marciapiede con due tavolette, una davanti e l'altra dietro, con scritti che informavano chi li leggeva di sconti in qualche ristorante lì vicino o di saldi stagionali in qualche negozio. Non so perché appena li vidi passare davanti a me uno dopo l'altro, con quelle due tavolette connesse da due strisce di cuoio, mi fecero pensare alla pianeta indossata sopra al camice dai sacerdoti cattolici durante le cerimonie. Quel giorno ebbi un'idea. Prima di realizzarla mi misi a immaginare l'atteggiamento e le parole che avrei scelto per dire al caporeparto che me ne andavo, che lasciavo il posto per fare il "sandwich man." Non gli avrei spiegato, però, la mia idea. No! Volevo prima vedergli spalancare gli occhi e aprire la bocca sdentata e puzzolente con quelle sue labbra che non riuscivano mai a formare un vero sorriso, e poi fargli pensare che io stia intraprendendo una via pazzesca. Per lui recarsi a un posto di lavoro per lavorare otto ore al giorno era come se andasse in paradiso ogni mattina. Perciò sentir dire da uno come me che se ne andava a fare il "sandwich man" sui marciapiedi del centro, lui l'avrebbe visto come il massimo della pazzia. Anche se poi da quelle parti se aprivi il giornale, avresti letto l'ennesima storia di qualcuno che s'era distinto o s'era arricchito proprio perché una mattina s'era svegliato e aveva deciso di cambiare il suo modo di svolgere la giornata, di prendere la via meno calpestata, come si diceva da quelle parti.

"La mia idea era di comprare due tavolette, incerarle e con un chiodo scriverci il mio messaggio, che sarebbe stato questo: "Non sapete la via? Ve la indico io"! Si', ci avrei messo anche il punto esclamativo. E mentre immaginavo le tavolette, la cera, il chiodo, e il messaggio ridevo perché vedevo me stesso con quelle due tavolette andare in giro all'aperto per le strade dell'isola, lontano dagli occhi sporgenti di quel ritratto che penzolava in alto nel capannone. Non comprai le tavole, né le altre cose che avevo immaginato; fare il sandwich-man divenne una possibile via da imboccare se una mattina svegliandomi non avrei avuto più la forza di arrivare davanti a quella porta appena prima dell'inesorabile fischio della sirena che metteva in moto tutto ciò che si trovava dall'altra parte della soglia del capannone.

"Comunque tutte le sere continuavo a girare. A volte prendevo l'autobus o la metropolitana e scendevo all'ultima fermata dell'isola. Poi rifacevo la strada a piedi per osservare da vicino gli edifici, le facciate di certi palazzi, i visi della gente che incontravo, il loro modo di camminare; non sapevo mai cosa avrei visto al prossimo semaforo. Una sera mi trovavo nei pressi del Washington Square Park e andavo verso Bleeker Street, dove di solito mi fermavo a uno dei tanti caffè a prendere un espresso e a origliare i discorsi di quelli seduti ai tavolini quasi congiunti al mio. Camminando vidi una fila di macchine nere davanti al *Five Spot*. Capii subito che qualcosa di grande si sarebbe svolto in quel club reso famoso dai tanti musicisti jazz di quegli anni. Dalle automobili uscivano coppie di una certa età e di un certo stato sociale. Gli uomini portavano tutti lo smoking e fumavano sigari e le donne erano tutte avvolte in abiti da sera aderenti e scollati. Notai anche due donne da sole che si muovevano con disinvoltura fra tutte quelle coppie. Mi ero fermato nello spazio fra una macchina e un tassì e osservano la fila di uomini e donne che sembrava cambiare modo di muoversi solo davanti all'entrata, dove c'era un uomo nero, anche lui con cravatta, ma in abito grigio. A sinistra dell'entrata notai un lungo manifesto. Riuscii a leggere solo una delle parole...Holiday.

" —Quante sere tornavo a casa da qualche lunga camminata, mi sedevo vicino alla finestra e seguivo il ritmo ondeggiante dei fili di telefoni, guardavo i lampioni che spandevano coni di luce fievole sul marciapiede e sulla strada, osservavo la larga vetrata del caffè all'angolo, e notavo due o tre avventori al banco, curvi sulle loro tazze. E molte sere accendevo la radio e sentivo la sua voce; mi diceva di una donna che aveva appena perso la sua innocenza e non sapeva ancora come stare al mondo. Era sua la voce che mi suggeriva tanti percorsi, mentre guardavo i fili dei telefoni intrecciati ai pali sfrondati, mentre cercavo lungo il banco del caffè le facce degli avventori chinati sulle tazze apparentemente semivuote —

La forma imposta

"Scusatemi! Dicevo che solo quando l'uomo in grigio muoveva le labbra, le coppie potevano attraversare la soglia. Da dove mi ero fermato riuscivo a vedere solo il nome sul manifesto. Avevo sentito tante sere la sua voce. Non avevo mai visto il suo viso. Avvicinandomi avrei perlomeno visto la sua immagine fotografica. Più che altro volevo vedere gli occhi di quella donna. Dovevo perciò mischiarmi con le coppie che si muovevano lentamente verso l'entrata. Io però non portavo nemmeno la giacca; uscendo di casa avevo afferrato un giubbotto marrone e me l'ero infilato andando giù per scale. Decisi di far finta di niente e di lasciarmi spingere da quella folla tutta imbellettata.

"Se vi siete mai trovati in mezzo a una folla, avrete notato che con ogni passo di quelli che camminano davanti, si creano dei vuoti, degli spiragli di luce, che ti lasciano intravedere le cose che ti aspettano. A un certo punto, di sfuggita, vidi, a destra dell'entrata del club, un avanbraccio e una mano estesa in avanti come se avesse voluto afferrare qualcosa. Feci spontaneamente un passo verso quella mano, ma mi tirai subito indietro perché avevo messo le mani sulle spalle del signore davanti. Lui disse qualcosa, si spostò e chiuse lo spiraglio. Mi scusai ma non mi mossi. Si formarono subito altri vuoti. Vidi una striscia del fianco sinistro della figura ovviamente seduta su ciò che sembrava uno sgabello. Quel vuoto si chiuse subito. Notai un altro vuoto un po' più in alto e scorsi una fetta triangolare della spalla destra e due ciuffi di capelli. Poi quelli davanti, quasi vicino all'entrata, si fermarono e vidi solo spalle nere e spalle nude. Si era formata una parete e gli spiragli erano scomparsi. Mi accorsi, a quel punto, che l'uomo in grigio vicino all'entrata alzando gli occhi dal registro aveva guardato dalla mia parte, forse per rendersi conto del resto della folla che continuava ad avvicinarsi verso di lui. Aveva ovviamente notato che non appartenevo a nessuna di quelle coppie. Cercai di immaginare come avrebbe reagito quando sarei finalmente arrivato all'entrata. Non mi potevo fermare o districarmi dalla folla che mi aveva spinto fino a quel punto. Dovevo arrivare davanti a quel manifesto, davanti a quell'immagine. Il signore su cui avevo messo le mani era fermo e guardava le labbra dell'uomo in grigio. Poi prese la mano della donna che gli era accanto e insieme attraversarono la soglia. Fra me e il manifesto c'era solo il vuoto. Seduta sullo sgabello c'era l'immagine di Billie Holiday. Volevo fare un altro passo, avvicinarmi, ma notai che l'uomo in grigio mi guardava e il suo sguardo diceva che se avessi fatto una minima mossa me l'avrei dovuta vedere con lui. Decisi di non muovermi; ero davanti al manifesto. La mano e il resto del corpo porsi in avanti dicevano che quella donna non ci voleva stare su quello sgabello. Qualcuno gliel'aveva imposto. Volevo guardarla negli occhi; volevo vedere se nel suo sguardo c'erano tutte quelle cose che avevo sentito nella sua voce le sere vicino alla finestra. Dal punto dove mi ero fermato, non riuscivo a fissare il suo sguardo. Senza muovere i piedi, piegai lentamente la testa a sinistra. Il suo sguardo era rivolto a qualcosa vicino alla mia destra. Quando mi piegai verso destra, notai che gli occhi guardavano qualcosa in alto, oltre la mia testa. Potevo guardare ogni parte del suo corpo: la mano estesa in avanti, l'avanbraccio, i ciuffi di capelli, tutto il corpo immobile sullo sgabello. Ma non sarei mai riuscito a fissare il suo sguardo. Quella parte del corpo era sua, ed era impenetrabile.

La sciabola invisibile

"Quando arrivai al Washington Square notai che come al solito il parco era affollato. C'erano quelli degli scacchi, sempre chinati sulle loro statuette; c'erano quelli che cercavano disperatamente di far vibrare le corde delle loro chitarre; c'erano tre tipi seduti per terra che declamavano qualcosa incomprensibile; c'erano i soliti ragazzi scappati per il pomeriggio da qualche sobborgo in cerca di qualcosa per se stessi e per gli amici; c'erano due ragazze che si tenevano per mano e si muovevano a un ritmo che vibrava solo attraverso i loro corpi. Poi si accesero le luci dell'arco. L'ombra dai rami di un albero copriva la testa e le spalle della statua di Garibaldi. Nessuno di quelli del capannone aveva mai visto la statua. Non sapevano nemmeno chi fosse. Volevano sapere da me perché l'avevano messa proprio in quel parco la statua. Io non lo sapevo. Decisi di non inventare niente. Anche se loro insistevano; pensavano che io lo sapessi ma non volevo dirglielo. Come facevo a spiegare che quella statua era ormai invisibile? Quante volte mi ero recato al parco e mi ero seduto su una delle panchine e avevo aspettato. Nessuno si era mai fermato a leggere il nome, si era incuriosito di quell'uomo pronto a sguainare la sciabola ogni momento del giorno e della notte, pronto a esporsi, a dare sciabolate a qualcosa o a qualcuno che nessun altro vedeva. Le ombre si allungavano sull'erba secca e sui corpi stesi per terra o in movimenti scattanti lungo i viali del parco. Era inutile restare ancora su quella panchina.

Le sirene assordanti

"Lo spettacolo nel parco era ormai noioso. Avevo già visto tante volte ragazze con lunghe gonne nere o con pantaloni stretti ai polpacci, che arrivavano vicino alla fontana in mezzo al parco, si afferravano per mano, chiudevano gli occhi e si lasciavano andare in mosse ondulanti. Sembravano sempre le stesse, ma potevano essere altre. E avevo sentito anche altre volte le declamazioni di quei tre seduti per terra, anche se non ero ancora riuscito a decifrare il loro messaggio; forse volevano semplicemente dire che stavano declamando, nient'altro. E a quell'ora la statua di Garibaldi era definitivamente spronfondata nel buio. Presi la via che portava verso il sud dell'isola, verso Houston Street. Lungo i marciapiedi, sotto insegne che pulsavano energia e promesse, coppie e gruppi di uomini e donne si fermavano davanti a ristoranti e bar prima di decidere se quella era la porta da aprire, se lì quella sera loro avrebbero trovato quella cosa che fino a quel momento non erano riusciti ad afferrare. Anche i ristoranti con nomi italiani avevano acceso le insegne. All'angolo di Houston e Sullivan non c'era stranamente nessuno. Mi fermai. Davanti a un ristorante non molto distante dall'angolo, vidi una macchina, ferma, ma il fumo che usciva dalla marmitta indicava che il motore era acceso. Un uomo stava scendendo, portava il cappello e la cravatta, lo seguiva un altro dalla parte opposta, vestito come il primo in abito scuro e con la cravatta a righe rosse e blu, ma era senza il cappello. La porta del ristorante si aprì e uscì un uomo basso e tarchiato con un sigaro in bocca; anche lui portava un abito scuro, ma con una cravatta nera, e portava il cappello in mano. I due che erano scesi dalla macchina gli andarono incontro come se volessero salutarlo. Appena lo raggiunsero gli sprararono due colpi ciascuno nel petto. Lungo Houston Street, macchine e motociclette si avventavano da est a ovest e da ovest a est. Assediato da tutto quel trambusto ebbi l'impressione di sentire solo due botti. Mi dissi subito che quella era un'impressione sbagliata, causata dal rumore assordante dei veicoli e forse anche dalle strutture che affiancavano Sullivan Street. Io avevo visto i due estrarre una pistola ciascuno. E come se le pistole fossero state calamite, il mio sguardo si era raccolto sulle dita che premevano il grilletto. Avevo visto il lampeggiare delle esplosione e i colpi unoduetrequattro. I due, dopo aver sparato i quattro colpi, senza fretta, si avvicinarono alla macchina e mentre stavano per salire, l'uno dopo l'altro si volse verso l'angolo dov'ero e mi vide. Avevo paura e li vidi che avanzavano verso di me con pistole impugnate, ma era solo la mia paura a farmeli vedere quasi vicini. Invece salirono in macchina e scomparvero nella notte. Davanti al ristorante giaceva il corpo trafitto da quattro proiettili.

"Non so dirvi esattamente quanto tempo passò prima che qualcuno uscisse dal ristorante. Le sirene erano già vicine quando finalmente vidi che la porta era aperta e tre tipi uscivano senza fretta, proprio come si vien fuori da un ristorante dopo una cena abbondante. Appena vidi le facce di quei tre, capii che dovevo muovermi, svanire. Sì, pensai proprio a quella parola; dovevo svanire, non lasciare tracce, polverizzarmi, ma non pensai a come si polverizza un corpo ancora vivente, non pensai a come fa uno a svanire. I due che erano scappati via nella notte mi avevano chiaramente visto, ed io non ho ancora oggi dimenticato i loro occhi. Ogni mattina mi sveglio e spero che loro siano veramente svaniti, che qualcuno li abbia condotti in un deserto e li abbia conficcati nella sabbia per attirare i raggi del sole e per punteggiare le sferzate del vento. Io a quell'angolo quella sera cosa avrei dovuto fare? Aspettare l'arrivo della polizia e rispondere alle loro domande su ciò che avevo visto? Raccontare tutta la mia serata? Sicuramente quelli avrebbero imposto di cominciare dall'inizio, dal momento quando ero uscito di casa. E poi, come mi avrebbero visto, come mi avrebbero guardato? Avrebbero pensato che sia stato io a premere il grilletto quattro volte? Avrebbero sospettato che facevo parte anch'io di quelli che erano usciti dal ristorante come se niente fosse accaduto? Mi avrebbero guardato in faccia e avrebbero visto dei tratti simili a quelli di quei tre tipi e degli altri che probabilmente erano ancora seduti attorno ai tavoli e forse stavano alzando i bicchieri colmi di vino rosso e stavano brindando? Quante volte sui giornali avevo letto della complicità della polizia con quei tipi che erano usciti dal ristorante? Quanti poveracci facendo ciò che ritenevano fosse il dovere di cittadini avevano aspettato la polizia e avevano raccontato tutto, poi si erano addirittura recati in questura e seduti ad un tavolino, dopo lunghe ore, avevano messo il dito sulla faccia dell'assassino? Poi un bel mattino qualcuno facendo il solito giro con il cane era inciampato nel corpo esanime di uno di quei poveracci, un corpo buttato accanto al cassonetto della spazzatura.

"Il corpo giaceva ancora lì, sul marciapiede; nessuno l'aveva toccato. I tre tipi, i soli che erano usciti dal ristorante, si misero in fila sul ciglio del marciapiede e da lì cominciarono a guardare lentamente da sinistra verso destra, proprio come una cinepresa che girando su se stessa riprende una panoramica, imprime ogni movimento, ogni dettaglio, anche il minimo, quello che a prima vista potrebbe apparire insignificante; una cinepresa che nel suo lento giro cattura ogni cosa entro un cerchio completo e ineluttabile. Prima che quei tre avidi sguardi arrivassero all'angolo dov'ero, volsi le spalle e m'incamminai verso il fiume.

"Sembrava che tutte le sirene dell'isola si fossero svegliate allo stesso momento. Volevo raggiungere la sponda del fiume, allontanarmi il più possibile da quell'angolo. Più pensavo di allontanarmi più quelle grida le sentivo vicino e mi straziavano. In ogni grido sentivo un'accusa rivolta a me. A me che avevo voltato le spalle a quel corpo con i quattro proiettili nel petto. Ero arrivato all'orlo del West Side Highway. Il traffico era sferzante. Volevo trovarmi su una di quelle macchine che puntava verso il nord e raggiungere qualche montagna e scomparire, o mettermi dall'altra parte per raggiungere la foce del fiume e buttare via tutto. Ma avevo ancora molte miglia da fare prima di dormire, molte miglia prima di dormire. E proprio a quel punto davanti al traffico che a scatti sferzava verso nord e sud, poi s'intasava e scorreva lentamente, capii che ero caduto in un'altra trappola, questa ancora più spietata di quell'altra. Dov'era quell'amico che mi aveva raccomandato di non accendere la luce quella mattina di febbraio? Dov'erano quei due ragazzi che mi avevano accompagnato fino alla periferia di Genova? Dov'era quella donna bella e grassa che mi aveva distratto dalla colazione con i suoi movimenti fluidi, dal lavabo al cassettone al forno? E non avrei più visto quei compagni del capannone; quelli che volevano solo sentire le mie invenzioni a propostio del mio cognome; volevano ascoltare le mie narrazioni per dimenticare per quei venti minuti la sirena sempre puntuale, il banco, e gli occhi sporgenti del ritratto appeso in alto. Il traffico continuava i suoi sbalzi e il fiume scorreva verso il mare. Che cosa dovevo fare?

"Volevo semplicemente svegliarmi una mattina e trovarmi lontano dalle sirene e dagli occhi di quei due che mi avevano visto fermo all'angolo. Chi aveva il diritto di dirmi che stavo sbagliando, che avrei dovuto recarmi in questura per puntare il dito sulle foto di quei due che avevano svolto la loro faccenda senza fretta, come se invece di sparare a quell'uomo lo avessero solo salutato, dandogli i soliti due baci sulle guance, e poi se ne fossero andati a mangiare una cena prelibata? Narrare alla polizia ciò che avevo visto, voleva dire mettere i piedi nel mondo della sopraffazione, della prepotenza. Quello non era il mio mondo. L'avevo odiato da quando avevo cominciato a notare gli atteggiamenti prepotenti di certi tipi. Perciò camminando accanto al traffico del West Side Highway, con le narici ormai assuefatte allo smog che aleggiava sull'isola, arrivai a formulare l'idea di un mondo a parte, fatto di soprusi in cui si trovavano quei due che avevano sparato con quello che era cascato a terra con i proiettili nel petto e con quei tre che erano usciti dal ristorante, anche loro senza nessuna fretta. E a quel punto dissi a me stesso che non sarei andato in questura, non avrei puntato il dito su nessuno. Loro avevano scelto di creare e di esistere in una realtà fatta di prepotenze e sopraffazioni. Io mi ero illuso di poter muovermi in uno spazio lontano da quella realtà che evidentemente appariva, ormai, dappertutto. Mi ero illuso di vivere in uno spazio se non proprio puro e di un biancore allucinante, perlomeno di un colore biancastro. Mi rendevo conto di trovarmi fra colori cupi e opachi.

"Fermo a un semaforo, mi accorsi che la gente mi guardava e sorrideva. Non rideva, sorrideva, forse perché sull'isola non ero il primo che avevano visto gesticolare e parlare a se stesso. No! Non sarei andato in questura. Mi ero convinto. Allora smisi il discorso che stavo facendo con me stesso, chiusi gli occhi e vidi uomini incappucciati che sparavano: lungo le strade di città, nelle piazze di paesi, nelle masserie in mezzo a campi, dove, forse per miracolo, cresceva ancora il grano, nei vicoli intasati di spazzatura fetida, dove nessuno sentiva più il fetore, perché si era verificato un altro passo evolutivo e la gente aveva perso il senso dell'olfatto, lungo le autostrade cominciate e mai finite, tra le case violentate da terremoti, vicino alle coste invase dal cemento, nelle sale dove sedevano corpi incravattati. Ero arrivato al prossimo semaforo e anche lì la gente mi guardava. Mi fermai. Chiusi gli occhi di nuovo e per poco non vidi più niente. Poi sempre a occhi chiusi vidi il sole che sorgeva ancora e i suoi raggi fievoli si spandevano ancora su un vasto campo di sterpi.

"Il giorno dopo ero nella cabina della nave diretta verso la penisola italiana. Fermai uno dell'equipaggio che passava davanti alla mia cabina e gli chiesi il nome del mio cameriere. Mi disse che l'avrei trovato in una delle sale da pranzo. Non mi mossi dalla cabina. Pochi minuti dopo qualcuno bussò. Era il cameriere. Gli spiegai che non me la sentivo di raggiungere la sala da pranzo ogni giorno per i pasti. Dissse che mi avrebbe servito in cabina. Per otto giorni dal finestrino vidi solo le onde del mare e alcuni pesci che a prima vista mi sembrarono delfini, ma potevano essere squali.

Le montagne merlate

"Finalmente attuando le solite manovre la nave si avvicinava pian piano al porto. Dal finestrino della cabina, riuscivo a vedere solo le facciate di lunghi palazzi, tutti con balconi, tutti uguali. Erano passati tanti anni e durante la mia assenza anche le strutture delle case sembravano essere cambiate. Io non ne sapevo niente, ero all'oscuro. Il cameriere, un tipo poco loquace, mi aveva comunicato solo notizie essenziali per la traversata. Avrei voluto fargli tante domande, ma lo guardavo in faccia e capivo che era meglio lasciar stare, il suo sguardo torvo mi diceva di non infrangere la distanza creatasi fra me e lui dal primo giorno su quella nave. Presi lo zaino e seguendo le varie frecce attraversai i corridoi verso l'uscita.

Avevo appena poggiato i piedi sulla banchina, quando mi chiesi cosa ci facevo lì. Ero salito su quella nave per scappar via dall'isola di Manhattan, ma prima ero già scappato via da queste parti. Non riuscivo a muovermi. L'andirivieni della folla variopinta si faceva sempre più allegro e vociferante lungo la banchina. Ma quando un gruppo arrivava vicino a me ero costretto a virare a destra o a sinistra e quell'allegria si trasformava in occhiate infastidite. Sentii solo invidia per quelli che camminavano e sorridevano tenendo stretti per mano fratelli, sorelle, o amici ed erano tutti felici perché sapevano dove si stavano dirigendo. Io invece mi girai e vidi un'altra nave vicino a quella da cui ero appena sceso; volevo essere fra quei passeggeri che si affrettavano a salire per raggiungere chissà quale porto, arrivare in un altro posto lontano e sconosciuto per ricominciare tutto. Non mi mossi; non avrei mai più visto un'altra ancora salpare.

"Quale direzione prendere? Dove andare? Cercavo di immaginare il punto di arrivo e le cose che avrei visto, ma non ruiscivo a focalizzare niente di preciso. Ricordavo ancora i nomi di quei pochi amici di una volta, ma i tratti dei loro volti si erano disgregati. Chiudevo gli occhi e vedevo un occhio un braccio una bocca, quando cercavo di metterli insieme, di ricomporli, mi risultava irriconoscibile il volto che riuscivo a integrare. Forse tutti quei volti che avevo visto negli anni passati su quell'isola avevano sopraffatto le immagini che avevo portato con me quando ero scappato via da queste parti.

"Eccomi qui! Questo vuol dire che quella mattina riuscii finalmente a muovermi, a prendere la direzione giusta per arrivare fra queste montagne, per ritrovarmi in questa cinta merlata che mi fa sempre pensare a un castello medievale.

"Forse da qualche parte c'era scritto che dovevo ritornare e trovarmi da queste parti quella mattina. Dico forse perché nessuno è mai riuscito a farmi accettare l'idea che le cose dovevano svolgersi proprio in quel modo. Devo dirvi, però, che certe notti me è sembrato scorgere un filo sottile connesso a diversi punti distanti l'uno dall'altro. Ed erano punti che io in qualche modo avevo toccato. Era di notte, perciò, chissà! Comunque è successo quel che è successo. Solo questo vi dico. E posso solo darvi alcune cose che ho sentito e ho raccolto dopo tutto ciò che si è visto: tutto è spuntato dopo la presenza di quel cucchiaio. Come vedrete si tratta di un miscuglio di cose.

"Per aiutarvi a prendere e seguire il sentiero giusto vi dico che a volte sono io a narrare eventi che qualcuno ha sentito il bisogno di raccontarmi; altre volte sono le parole messe giù da quelli che certe mattine hanno varcato la soglia del bagno e si sono diretti davanti allo specchio prima del tocco di mezzogiorno. Sta a voi, comunque, decidere se vale la pena sprecare tempo a seguire questi discorsi sfilacciati. Comunque se volete ascoltarmi, dovete lasciarmi dire le cose a modo mio. Dopo semmai uno di voi, tu Angelica o tu Adriano, potrà mettere tutto in ordine".

La scelta del narratore

Io e Angelica passammo i prossimi giorni a discutere quella nuova situazione nella quale lui, il nonno che noi amavamo e di cui avevamo anche un po' di paura, ci aveva costretti. Dal primo giorno lei dichiarò che fare la narratrice non era mai stata una sua ambizione. Le piaceva ascoltare o leggere storie confezionate da altri; voleva, in altre parole, rimanere la lettrice che legge e immagina, a volte annota. Ma non se la sentiva di dover costruire un discorso narrativo.

Io, diversamente da Angelica, avevo sempre sentito il desiderio di narrare. Infatti avevo scritto alcuni racconti che pochi amici lettori avevano anche apprezzato. Perciò l'idea di ascoltarlo ogni giorno, prendere appunti per poi trasformali in un discorso narrativo mi sembrò una bella sfida.

Finalmente dopo alcuni giorni, una mattina con una pioggia che picchiettava i vetri delle finestre, ci rendemmo conto che non c'era via di scampo, uno di noi doveva sottomettersi a quella sua richiesta.

Toccò a me raggiungere il giardino ogni pomeriggio e trovarmi lì verso le tre quando lui ritornava dalle sue passeggiate. Durante quei giorni quante volte volevo fuggire lontano da lui e dalle sue parole sempre così pungenti. Nei fogli che gli lasciavo da leggere ogni mattina, trovava sempre qualcosa che secondo lui non c'entrava affatto in quello che mi aveva narrato il giorno prima. Puntava l'indice lungo e ossuto sulla pagina e sbuffava un paio di volte prima di buttar fuori le sue parole appuntite. Le prime volte timidamente cercavo di spiegargli come avevo scelto quella parola o quella frase che non gli piaceva. Solo raramente riuscivo a convincerlo. Di solito appena vedevo quel suo dito serpeggiare lungo la pagina, smettevo di parlare e aspettavo la solita puntura. Poche volte invece di posare il dito sulla pagina alzava lo sguardo e fissava quegli occhi acuti sul mio viso. Avevo reso, secondo lui, un intero evento a modo mio; avevo escluso le parole di un personaggio; altre volte avevo tagliato una scena prima che si svolgesse come la voleva lui. Cercavo di fargli notare perché avevo fatto quelle scelte, ma era sempre difficile. Lui ribatteva che non gli interessava la struttura o altre cose che io menzionavo, quando cercavo di spiegargli le esigenze narrative del suo racconto. Sulla tela nera che calava nella sua camera con la notte apparivano tutti gli eventi che lui riteneva indispensabili alla costruzione della sua esistenza, li voleva tutti rappresentati nei fogli che gli consegnavo ogni mattina. Quanti pomeriggi ci sono voluti per arrivare alle cose che seguono!

Verso l'albero sradicato

Il nonno cominciò dicendomi che quella mattina di alcuni anni fa prima dell'alba si trovò sulla soglia di casa e guardandosi intorno non riuscì a rintracciare come c'era arrivato. Si girò a sinistra ma non vide la fievole lampadina appesa al muro della casa all'angolo. L'avevano già spenta. La via e i muri erano avvolti in un buio grigiastro. Ma l'alba sarebbe arrivata. Non pensò di riaprire la porta. Meglio raggiungere il viottolo e godersi lo spettacolo di luci e ombre dei primi raggi del sole sui massi smossi e ruvidi della montagna. A metà viottolo un'improvvisa sferzata di vento lo arrestò, forse voleva scuoterlo, o addirittura ammonirlo. Alzò il viso verso la vetta. Gli sembrò vedere un'ombra contorcersi e poi svolazzare impetuosa giù per la china, sembrava volesse raggiungerlo. Lui non sapeva cosa fare. Si trovava a metà viottolo con la montagna brulla tutt'intorno. Si abbottonò la giacca, chinò il capo, afferrò il cappello e lo tirò giù fino alle sopracciglia. Camminò per un tratto con gli occhi chiusi, poi li aprì e vide tanti mulinelli che gli sfioravano le gambe, ruotavano di qua e di la e all'improvviso, con una soffiata di vento, scomparivano. Chiuse gli occhi, quando li riaprì vide un singolo mulinello che vorticava quasi fermo davanti a lui; sentì una gran voglia di toccarlo, di mettere la mano in quel vuoto avvolto da granelli di polvere; allungò la mano, ma il mulinello si scostò, come se non volesse essere toccato. Lui si fermò. Quante volte nella vita apri gli occhi e vedi un mulinello che ti gira attorno, ti sfiora le gambe, come se volesse invitarti a danzare con il vento, poi, capricciosamente, cambia idea, si allontana, scompare. Chiuse gli occhi di nuovo, chinò il capo e riprese a camminare.

Dopo un breve tratto sentì le pietre del viottolo sempre più acute, e con ogni passo sembrava che quelle pietre stessero aspettando il passo fatale per penetrare la suola delle scarpe e toccare la carne tenera e vulnerabile, protetta solo dal calzino di lana.

Continuò a parlare del viottolo che segue la linea orizzontale della montagna. Poi si fermò e si guardò intorno
come se cercasse qualcosa che aveva visto lì poco prima,
ma che non riusciva più a vedere. Io, quel giorno, non mi
mossi, un gesto o una parola avrebbero potuto introdurre
una presenza estranea nel mondo che lui cercava di ricostruire. Volevo ascoltare le sue parole, seguire l'itinerario
che cercava di ripercorrere dentro di sé.

Mi guardò e riprese a parlare. Disse che il dolore che
sentiva ogni volta che poggiava il piede gli faceva pensare
cose, per lui, incomprensibili. Pensava che, infatti, quelle
pietre volessero toccare l'osso del piede, ritrovarsi con
qualcosa da cui, forse, un giorno, erano state separate. E
con quel pensiero si sentì sprofondare in un incubo: lo aggredivano grida dal contatto tra pietra fredda e osso denu-
dato e stralci di carne sanguinante. Mi chiese tra l'altro,
perché aveva intravisto quelle cose. Alle sue domande che
venivan fuori in una voce sempre più cupa e urgente, io
non riuscii a trovare risposte. Ma non smessi di sperare che
lui continuasse a parlare, a cercare risposte a tutto ciò che
gli sembrava così misterioso. Dagli scatti del suo sguardo,
capii che quel giorno non voleva più parlare delle pietre
del viottolo. Avrei dovuto aspettare il momento giusto per
sentirgli dire le parole di quell'evento che avrebbe trasformato il risveglio mattutino di tanta gente.

Si chinò, afferrò il bastone e si alzò. Voleva fare due
passi; era stanco di star seduto sulla quella sedia, lì il tempo non passava mai, mezzogiorno era sempre lontanissi-
mo, per non dir nulla della sera; ma la parte più straziante
era la notte: la luce scompariva come se avesse avuto paura di tutto quel buio che inondava con arroganza la camera. Lui chiudeva gli occhi ma non dormiva. In quel buio,
aperti o chiusi gli occhi non servivano a niente, non c'era
niente da distinguere, le pareti e i mobili della camera erano scomparsi. Restava solo l'oscurità, e la notte che sembrava non volesse giungere alla fine.

Bene! Oggetti e pareti lontani e assenti! Lui quel buio lo avrebbe costretto ad aspettare, non gli avrebbe aperto la minima fessura verso i suoi pensieri, i suoi ricordi, le sue esperienze; sarebbe rimasto su quel letto e da lì avrebbe intaccato quella massa opaca e compatta, con i suoi passi lungo strade desolate o affollate, in città vicine e lontane; e su quel letto avrebbe aspettato quella gran puttana che non si degna mai di fare distinzioni, che accoglie sempre tutti sotto le sue lenzuola ormai inutilmente candide. Bene! L'avrebbe aspettata nello spazio della sua camera affollata e resa luminosa dal suo passato, e avrebbe sorriso al suo arrivo.

Una breve pausa

Due giorni dopo cominciò a parlare prima che io chiudessi il cancello del giardino. Affrettandomi verso la sedia aprii il quaderno con gli appunti dell'ultimo incontro. Pensavo che dopo la breve pausa volesse riprendere il discorso del viottolo e degli altri eventi di quella mattina. Disse invece che durante la notte aveva rivisto il treno che lo aveva portato verso il fronte pochi giorni dopo il suo diciottesimo compleanno. Perciò le prime immagini sulla tela nera nella sua camera dovevano essere quelle di un treno che traccia un solco lungo la penisola e lascia un vuoto che accoglie semi di vita e di morte.

La prima volta in treno

Il treno si fermò alla stazione di Bologna. Il nome della stazione non era importante; oppure lo era solo se quella era l'ultima del lungo viaggio, se era quella dalla quale tutto sarebbe cominciato. Fuori si sentivano voci di donne e ragazze, che si avvicinavano e poi si allontanavano, ma dopo un breve silenzio, erano lì di nuovo, forse non le stesse, ma erano sempre voci femminili che offrivano panini, caffè, e curiosamente, bottigliette di vino rosso. Pian piano i corpi accasciati sui sedili, con la testa appoggiata sulla spalla del vicino, o con la testa versata all'indietro con la bocca spalancata, lentamente muovevano una mano, le bocche spalancate si chiudevano, e le teste appoggiate aprivano improvvisamente gli occhi e fissavano i corpi seduti sui sedili opposti. Avevano sentito voci femminili e uscivano dal sonno come avevano fatto tante altre volte, quando le madri erano entrate nelle loro camere e avevano sussurrato che era ora di svegliarsi. Alcuni si alzavano, altri parlavano:

"Siamo arrivati"?

"Non scende nessuno, è tutto chiuso".

"L'ultima fermata è Milano".

"E poi? Il nemico non è a Milano".

"Sei sicuro"?

Lui si alzò e andò al finestrino per vedere quelle voci che aveva sentito nel dormiveglia. Una folla mista si spostava in tutte le direzioni creando incroci variabili; solo un gruppo di donne e ragazze restava fermo e poi si muoveva lentamente in fila sotto i finestrini, offrendo da bere e da mangiare. Lui non voleva niente, voleva solo vedere quelle donne camminare e sentire le loro voci. Una di loro gli porse una busta e un sorriso. Lui prese la busta, ma gradì di più il sorriso. Avrebbe voluto dire qualcosa ma sentì il lento movimento del treno. Il sorriso e le voci restarono fermi e lontani.

Gli altri erano ormai tutti svegli e parlavano.

" Come, non sapete dov'è l'Austria"?

"C'è un vecchio re, anche lì, vero"?

"Chi di voi non ha mai visto la forma dell'Italia, il famoso stivale? I bambini di tutto il mondo non fanno grandi sforzi a puntare il dito sulla nostra penisola".

Nessuno aveva preso il suo posto. Il treno avanzava lentamente lungo la grande pianura. Si vedevano gruppi di uomini e donne piegati su se stessi con le mani per terra;

a volte si drizzavano e guardavano il treno che passava; qualcuno alzava la mano e accennava un saluto, poi guardava le vetture che si allontanavano. Lui aveva appena diciotto anni, e quella era la prima volta che viaggiava in treno. Il ritmo delle rotaie sui binari gli faceva chiudere gli occhi e gli faceva rivedere momenti che avevano formato il suo passato: suo padre, morto quando lui aveva solo cinque anni, che si fermava sulla soglia di casa e sorrideva prima di entrare, e sua madre che si girava verso la porta per guardare quell'uomo e per dargli il ben tornato. Rivedeva quella mattina quando il postino era entrato in casa con quella lettera e l'aveva letta davanti a tutti. Vedeva ancora sua madre che si appoggiava al tavolo mentre ascoltava le parole del postino. Poi una delle sue sorelle si avvicinava e lo abbracciava. Lui non aveva ancora capito esattamente cosa volevano dire quelle parole che il postino aveva appena letto. Sentiva per la prima volta: Austria nemico fronte combattere. Il postino lo guardava e poi si avvicinava e gli spiegava il significato delle parole: doveva andare a fare il soldato e poi doveva andare al fronte, dove finiva l'Italia, a uccidere il nemico. Non ricordava più perché quel giorno d'estate aveva litigato con quel suo compagno; portava, però, ancora il segno del taglio della lametta sul polpaccio destro. La lametta quel giorno era un'arma. Chi era il nemico: lui o il suo compagno? Dopo molti anni, l'aveva rivisto un giorno ma non avevano parlato della lametta e del taglio. Rivedeva ancora i diversi momenti della rissa ma non riusciva a vedere da dove era uscita quella maledetta lametta. Forse era per terra. O forse quel suo compagno la portava con sé, nascosta da qualche parte, accessibile al momento necessario, quando si presentava il nemico. Lui perché non aveva mai pensato di portare una lametta nascosta? Quella mattina il postino gli disse che sarebbe andato al fronte, dove finiva l'Italia, per uccidere il nemico. Il suo compagno aveva già capito, ancora ragazzino, che a un certo punto il tuo vicino di casa può presentarsi come il nemico. Mentre gli altri parlavano, lui non riusciva a togliere lo sguardo dal bianco della neve che arrivava fino alle nuvole. Spostava gli occhi per cercare il grigio della pietra ma non trovava altro che il bianco. Il nemico sarebbe dovuto apparire da quell'enorme massa bianca, lì finiva l'Italia.

La bocca spalancata

Quando gli parlai di Hemingway e del suo libro *Addio alle armi* chiuse gli occhi, poi si girò e guardò verso la montagna. Non riusciva a vedersi in quei posti e con quei personaggi narrati da quel volontario americano. Lui e quelli della sua età erano arrivati un po' tardi; quelli che erano già lì da anni si sentivano ormai sfiniti, anche il gruppo che all'inizio era andato in giro a predicare la guerra e voleva affrettarsi e andare al fronte a incontrare il nemico. Da quel gruppo alcuni avrebbero poi smesso di usare certe parole; le avrebbero addirittura cancellate dai loro vocabolari, altri avrebbero detto addio alla propria coscienza e avrebbero inboccato vie illusorie. Quando sentì che Hemingway nel suo romanzo parla di tregua durante il maltempo invernale, lui mi disse che dalla notte del suo arrivo sotto le montagne di neve nessuno aveva mai parlato di tregua. Quelli in comando ripetevano che bisognava scrutare l'orizzonte, il nemico aspettava proprio un momento di disattenzione per sparare. Anche la notte era pericolosa. Mi parlò di un dialogo con un suo compagno:
"Guarda che belle stelle"!
"Con questa luna e questa neve, stanotte si farà vivo qualcuno".
"Ieri ho sparato. Mi aspettavo un grido".
"Qualcuno avrà gridato".
Disse che guardando le stelle sentì di nuovo le grida di sua madre che correva verso di lui a terra con la gamba insaguinata. Il suo compagno d'infanzia e la lametta erano

scomparsi. Forse così agisce il nemico: ti ferisce e scompare, ti lascia con il sangue che cola dalla ferita.

"Nessuno ha gridato!"

"La neve assorbe tutto, anche le grida."

"Il postino disse che l'Italia finisce qui, con le montagne di neve, ma io non riesco a vedere niente dietro le sue parole."

"La neve cancella tutto."

"Noi possiamo costruire l'Italia nuova, qui, dove finisce quella vecchia, con la neve che cancella tutto."

Continuò dicendo che arrivarono altri due soldati e lui e il suo compagno andarono a dormire sotto le tende. La nuova Italia doveva aspettare. Due giorni dopo li portarono lungo il fiume. Dalla montagna di neve scendevano ondate di corpi in tute bianche. Venivano verso il fiume, e finalmente si sentivano urla e a volte grida. Qualcuno aveva sparato e aveva fatto centro. Anche lui sparava, e sentiva la voce del postino che parlava e ripeteva la parola: nemico. A un certo punto lui mirò più attento e accarezzò il grilletto al momento giusto. Dall'altra parte del fiume, un corpo cadde nella neve. Lui chiuse gli occhi, quando li riaprì, vide sua madre che correva con la bocca spalancata verso il corpo steso sulla neve, ma lui non sentì niente, la neve aveva assorbito anche la voce di sua madre.

L'altro treno

Sentì l'annuncio che il treno stava per arrivare alla stazione di Bologna. Si alzò e si avvicinò al finestrino. Nello scompartimento c'erano due signori anziani ben vistiti, con la cravatta, e una donna sulla trentina anche lei ben vestita, con occhi chiari e labbra carnose, nessuno dormiva. Il treno si fermò. Lui si affacciò al finestrino e vide la folla che si spostava in tutte le direzioni, ma non sentì le voci femminili con i panini e i sorrisi. Non c'era nessuno che camminava in fila sotto i finestrini. Avrebbe vuluto chiedere:

dov'erano le donne e le ragazze che aveva visto quando il treno andava dall'altra parte? Dov'erano quelli seduti nello scompartimento, quelli che si erano svegliati quando avevano sentito le voci che offrivano bottigliette di vino rosso? Su quale treno stavano viaggiando?

L'ordine delle cose

Ad un certo punto quel giorno appoggiò il bastone al tronco del fico. Era stanco. Non riusciva a parlare a lungo di quei giorni, anche se erano passati tanti anni e lui aveva visto tante altre cose. Io non sapevo come reagire quando lui smetteva di parlare. Ma continuavo a sperare che lui riprendesse il discorso di quell'altra sua esperienza, del resto di quella mattina e dell'oggetto trovato che poi aveva causato tanti ripensamenti, che aveva fatto nascere tante illusioni. Ma capivo che non potevo fare altro che aspettare. La forma del tempo la dettava lui, secondo le esigenze del suo corpo. Si girò e guardò la valle verso la pianura. Dovetti sopprimere il desiderio di dirgli che non eravamo in quel giardino per guardare il paesaggio. Lui lo sapeva. E poi la tela nera presente ogni notte nella sua camera richiedeva, ormai, altre immagini, altre tracce. Perciò mi dissi che prima o poi lui avrebbe ripreso il discorso del suo passato.

L'ultima volta che c'eravamo visti e gli avevo letto alcune pagine, lui aveva scosso la testa, poi aveva detto che non era soddisfatto delle parole che avevo usato per rendere le sue esperienze. Quando gli chiesi di dirmi cosa non andava, mi disse che sulla tela nera c'era tutto: c'era il viso chiazzato del suo compagno d'infanzia, c'era la paura negli occhi di sua madre quando aveva visto il sangue che aveva inzuppato calzino e sandalo, c'era il suo compagno che buttava la lametta nella polvere e scappava via, c'erano le guance rosse dei ragazzi in divisa che ridevano all'improvviso e poi abbassavano lo sguardo, c'era la ra-

gazza che gli aveva dato la busta e il sorriso, la ragazza
ferma con il braccio alzato verso il finestrino del treno che
si allontanava dalla stazione, c'era la voce calma del capitano che parlava dell'importanza de sacrificio per la patria,
c'era lui stesso fra quei ragazzi in divisa, lui che sentiva
per la prima volta quelle parole dettate da un uomo così
calmo, c'era l'acqua del fiume che scorreva davanti a lui
mentre premeva il grilletto e puntava la canna verso l'altra
sponda.

Poi lui insisteva che non c'erano solo immagini, c'erano
anche i suoi pensieri, le sue emozioni accanto al suo corpo,
come in un fumetto, i suoi pensieri che cercavano di capire
le parole del postino, di dare un significato a quella parola
"nemico", nella quale lui cercava di vedere la relazione fra
la lametta del suo compagno e quel corpo che era caduto
nella neve dopo che lui aveva premuto il grilletto, c'erano
le sue emozoni quando aveva visto sua madre che correva
verso quel corpo sulla neve e lui non sentiva più la sua voce. E questo non era tutto, c'erano tante altre cose! In quel
mulinello che sembrava voler invitarlo a partecipare alla
danza del vento, lui ci aveva visto l'opportunità di muovere il corpo in un modo insolito, di entrare a far parte di una
realtà creata da ogni minimo movimento del corpo, una
realtà che appare e scompare, nasce e muore, continuamente, con l'inizio e la fine di ogni gesto.

Ascoltandolo cercavo di trovare le parole necessarie
per spiegargli che stavo facendo il mio meglio per rappre-
sentare quello che lui intaccava sulla tela nera. Quel giorno
riuscii a dire solo che lui doveva cercare di capire quanto
era difficile scegliere da tutto ciò che lui proiettava sulla
tela quelle cose che contenevano l'essenza delle sue esperienze. Non lo convinsi. Continuò a guardare in alto. A
quel punto, ricordai certe cose alle quali lui aveva solo accennato, quasi di sfuggita. Perché ne aveva parlato in quel
modo? E poi volevo vedere proprio dove le aveva situate
sulla tela in relazione alle altre sue esperienze. Mi convinsi
che solo così sarei riuscito a dire le parole giuste che lo

avrebbero riportato a quei giorni sul fronte. Ma mentre cercavo quelle parole mi chiesi perché volevo che lui ritornasse in quei posti, che rivedesse se stesso allontanarsi dal fiume e dai corpi sprofondati nella neve. L'unico pensiero che non riuscii a sopprimere fu quello che mi diceva che tutti quei ragazzi in divisa caduti lungo il fiume non potevano essere lasciati con gli occhi spalancati verso il cielo. Volevo che le mie parole lo portassero a vedere che anche lui era andato via come quel suo compagno dopo il taglio con la lametta, anche lui aveva voltato le spalle al sangue che cola dal corpo ferito. Mi resi subito conto che la domanda lo avrebbe turbato, che forse sarebbe stato difficile riportarlo a quei giorni. Dopotutto a diciotto anni non si pensa a certe cose, si va avanti verso la vita, si prepara lo zaino e si corre per non perdere il treno, si fanno tutte quelle cose, forse, per non pensare, a volte per dimenticare.

Ma la sua reazione mi sorprese. Appena sentì i primi riferimenti a quei giorni, mi guardò come se avessi spalancato una porta socchiusa e la luce del sole fosse penetrata in quel buio e lo avesse riscosso. Mi disse che infatti sulla tela quella parte del suo passato era al lato destro, in prospettiva, all'angolo. E ripensandoci non sapeva dire perché quelle cose erano proprio in quella parte distante della tela. Con lo sguardo rivolto verso la pianura cominciò a scuotere leggermente il capo e poi disse che, con le mie domande, lo avevo riportato anche a un giorno di febbraio di alcuni anni prima. Ricordava che quella mattina aveva aperto la porta e quando si era esposto per vedere quanta neve era caduta durante la notte, aveva visto oltre la soglia la sponda del fiume e le bocche distorte dalla morte, aveva sentito il grido di un ragazzo e lo aveva visto con la faccia nella neve. Disse che non riuscì a muoversi. Fermo sulla soglia si era chiesto dov'erano state quelle facce e quel grido durante tutti quegli anni passati, da dove erano ritornati quella mattina per ritrovarsi vicino alla soglia di casa sua?

Con lo sguardo ancora fisso verso la pianura, disse che se quel fiume e quei volti distorti erano ritornati quella mattina, ciò voleva dire che forse lui non li aveva affatto dimenticati, la loro riapparizione indicava che li aveva portati con lui in giro per il mondo; forse proprio loro gli avevano suggerito cosa non fare, cosa evitare; erano stati loro a dirgli che tutto sarebbe stato inutile, che la voglia di trasformare tutto sarebbe stata nient'altro che una grande illusione. Poi si rivolse verso di me e disse che dopo quella mattina aveva sentito il bisogno di ritornare in quei posti e confondersi con i turisti che si recano in quelle valli e colline per seguire l'itinerario degli ossari. Ma dopo alcuni giorni si era reso conto che gli bastava chiudere gli occhi o aspettare la notte per rivedere i corpi che, per lui, giacevano ancora nella neve. Così aveva deciso di non visitare gli ossari del Montello.

Riprese il bastone e fece un giro intorno al fico, poi si fermò e guardò la montagna che s'innalza verso il cielo, quasi dalle mura di casa sua.

Volevo dire una parola o fare un gesto che lo riportasse su quel viottolo con le pietre acute, con i piedi confitti e sanguinolenti. Esitavo perché non volevo essere io a suggerirgli cosa dire. Ma da quello che aveva già detto sapevo che lui, prima o poi, avrebbe dovuto tracciare sulla tela le pietre, la pelle slabbrata dei piedi e il sangue: gocciolante o scorrevole. Avrebbe dovuto farlo perché lui stesso aveva detto che non voleva che il buio inondasse definitivamente la camera con la sua solita arroganza notturna.

Si girò verso di me ed ebbi l'impresione che mi stesse scrutando e volesse fare una domanda, invece riprese a girare intorno al fico e ogni volta che arrivava davanti alla sedia la strisciava con la punta del bastone e poi continuava il giro. Io seduto al tavolo non molto distante dal fico, cercavo di rendermi il meno intrusivo possibile. E non potevo fare altro che aspettare. Notai che, dopo alcuni giri, si stava fermando davanti alla sedia e appoggiandosi al bastone si sedeva. Appena seduto con le mani sul pomo del bastone, disse che voleva parlare del viottolo.

Oltre il crinale

Quella mattina il sole non si era ancora affacciato da dietro l'Appennino. Quando raggiunse il crinale vide la nebbia che copriva tutta la pianura. Non vide a metà valle l'albero che aveva visto ogni volta che aveva raggiunto quel punto del viottolo; vide solo il ceppo e le radici parzialmente esposte bagnate dalla rugiada. Pensò ai giorni quando appena raggiungeva la svolta del viottolo vedeva il rosso delle mele spiccare sul verde delle foglie; si avvicinava, afferrava un ramo e ne strappava la prima mela: voleva essere il primo ad assaporare quella frutta zuccherina e carnosa. Qualcuno aveva trovato un motivo per abbattere anche quell'albero. E lui era lì quella mattina per sradicare le radici, per cancellare per sempre la presenza del melo da quel pezzo di terra. Togliendo le radici, avrebbe cancellato anche la storia di chi era venuto, forse una mattina prima che spuntasse il sole, con la terra bagnata dalla rugiada, e aveva scavato il fosso per calarci l'esile pianta con la speranza che potesse crescere lì accarezzata dai raggi del primo sole del giorno.

Arrivato vicino al tronco, prese il piccone e si mise a scavare intorno alle radici; con la pala spostava la terra smossa. Dopo un po' sentì i raggi del sole riscardargli la schiena e si tolse la giacca. Il piccone si appesantiva ogni volta che lo sollevava, ma la terra era morbida e si lasciava smuovere facilmente appena il piccone la toccava. Gli era sempre piaciuto il gesto di alzare il piccone in alto; era un gesto indispensabile per costruire qualcosa o per rendere il terreno accogliente ai semi. Quella mattina, invece, sotto il sole che gli pungeva la schiena, lui non faceva altro che smuovere terra per sradicare.

Diede un'altra picconata, ma invece di smuovere terra, toccò qualcosa che gli fece sentire un lieve riverbero lungo il manico le mani le braccia. Forse aveva toccato una radice più dura. Prima di dare un'altra picconata, si inginocchiò e si mise a smuovere la terra con le mani. Accanto a una radice vide una lunga forma incrostata di terra ma non connessa al ceppo. Cos'era?

Forse quello era un semplice bastone o un ramo del melo spezzato durante una sferzata di vento e poi sotterrato. Continuò a smuovere terra con le mani; poi afferrò quella cosa e la sollevò. Non aveva la tipica forma di un ramo o di un semplice pezzo di legno. Notò che all'estremità la forma cambiava: pensò a una paletta concava, e, senza spiegarsi perché, pensò che potesse essere un cucchiaio, perso da qualche pastore. Ma i pastori di quelle parti portavano utensili di legno, erano meno pesanti di quelli di metallo, e non costavano niente: quando ne avevano bisogno, tagliavano un ramoscello e durante le lunghe giornate passate dietro il gregge, si sedevano sotto l'ombra di un albero e con un semplice coltello trasformavano il pezzo di legno in un cucchiaio o una forchetta. Lui ne aveva visti molti di quegli oggetti, alcuni semplici e funzionali, altri con figure scolpite, volti di donne create dalle mani oziose di pastori avvizziti di febbre. Ma quella cosa che teneva tra le mani non era stata toccata da nessuno di quei pastori. Aveva scavato qualcosa arrivata fra le radici del melo per vie apparentemente sconosciute.

Aprì lo zaino, prese la borraccia e versò dell'acqua lungo il manico. Passò la mano destra lievemente dove aveva versato l'acqua e continuò a togliere l'incrostazione. Sotto le sue dita e l'acqua che scorreva dalla borraccia apparsero i tratti inconfondibili di un volto femminile: il viso ovale, il collo esile, i fili di capelli raccolti e annodati sulla spalla sinistra, e il minimo accenno del seno. Smise di versare acqua e si appoggio al ceppo. Già dal primo sguardo, trovò gli occhi di quel volto, con ancora residui d'incrostazione, affascinanti. Chi li aveva scolpiti era riuscito a infondere in essi un'aria ammiccante e misteriosa, a incidere in quelle pupille un invito, e una promessa. Fece dei pensieri assurdi davanti a un volto scolpito su un manico di un cucchiaio appena scavato, ancora quasi tutto incrostato da chissà quanti anni di terra, arrivato vicino alle radici del melo chissà da quali luoghi, portato o spinto e travolto lì dal tempo stesso, da piogge e da venti; forse era stato seppellito lì da una mano stanca di guardarlo. Cosa doveva fare? Poteva scavare un'altra fossa e seppellirci quegli occhi per altri indeterminabili anni; oppure continuare a lavarlo per vedere cos'altro nascondeva l'incrostazione.

Notò che il taglio delle labbra era anch'esso appena accennato, come il seno. L'artista evidentemente si era concentrato sugli occhi e sui fili di capelli, volendo che il fascino della figura nascesse proprio da quei tratti. Chi altro aveva sentito il fascino che sentiva lui in quel momento? Forse quel qualcuno una mattina, seduto accanto al melo, aveva visto la nebbia che scompariva dalla pianura e il sole che invadeva il cielo limpido, e aveva deciso di dire: "basta, non voglio più guardare questi occhi, ho bisogno di seguire altre vie, di realizzare altri compiti, ti lascio qui sotto quest'albero, spero che nessuno venga qua un giorno e ti scavi, spero che la terra copra questi occhi per sempre". Che cosa aveva visto quel qualcuno in quegli occhi? In quelle labbra appena accennate? Cosa aveva sentito uscire da quella bocca che sembrava assente? Forse gli eventi non si erano svolti proprio in quel modo. Era stato il tempo con le piogge e i venti a spingere quell'oggetto fin sotto il melo. Lui, comunque, quella mattina era sicuro che quel manico non era stato scolpito da quelle parti. Forse in qualche museo qualcuno sarebbe riuscito a rivelare la storia raccolta in quella figura.

Guardando la nebbia che scompariva dalla pianura, i tetti rossastri delle case, e intorno al ceppo l'erba che luccicava sotto i raggi del sole, capì che doveva decidere, scegliere: seppellire il cucchiaio e vivere con la consapevolezza di aver deciso di non sapere altro, e, forse ancora più grave, vivere sapendo di aver negato ad altri la possibilità di vedere: essere un demiurgo che non mette davanti agli occhi di tutti gli altri le cose che ha visto lui; se invece avesse portato il cucchiaio fra la gente, sarebbe stato il demiurgo che dà a tutti la libera scelta di guardare o di non guardare l'oggetto offerto.

Doveva scegliere. Ma esitava. Cercò di immaginare a chi sarebbe interessato vedere quell'oggetto, ma non gli venne in mente né un nome né uno sguardo specifico. Si rese conto a quel punto che il resto del manico era ancora incrostato di terra. Doveva lavarlo per vedere se c'erano tracce di altre figure. Cosa avrebbe visto? Chissà se le altre incisioni lungo il manico lo avrebbero aiutato a scegliere la sua prossima mossa. Era apprensivo. Altre immagini avrebbero anche potuto rendere i suoi dubbi ancora più difficoltosi. E facendo quei pensieri vide se stesso mettere il cucchiaio sul ceppo e poi con il piccone scavare le pupille, snodare i capelli, straziare il seno appena accennato. Se avesse veramente fatto quello sarebbe stato il demiurgo che distrugge, e non avrebbe mai saputo che cosa aveva distrutto. Il cucchiaio sarebbe stato come quel mulinello che lo aveva prima invitato a toccarlo e poi era sparito con il vento, aveva portato via con sé la sua danza vorticante con i granelli di polvere. Se avesse ammaccato le labbra dell'incisione, avrebbe distrutto un futuro.

Sentì i raggi del sole ancora più insistenti lungo la schiena. Non aveva più voglia di scavare il resto delle radici. Tagliò delle felci, ci avvolse il cucchiaio, e s'incamminò lungo il viottolo verso le case del paese.

Il vento non sfarfallava più per la montagna; non vide nessun mulinello. La fontana prima di arrivare alle prime case del paese era deserta a quell'ora del pomeriggio. Si avvicinò alla vasca e mise il cucchiaio sotto la bocca di una delle facce scolpite sulla parete della fontana. Dal lieve massaggio delle sue dita e l'acqua gelida che scorrendo lungo il manico diventava marrone, apparve prima una figura scolpita a forma di cerchio. Poi finalmente da sotto le dita e l'acqua apparve anche la paletta concava/convessa del cucchiaio. Si allontanò dalla vasca e mentre prendeva le felci per riavvolgerci il cucchiaio notò che la figura circolare sul manico era un serpente con nella bocca la propria coda.

Lo specchio accogliente

A quell'ora il verde degli orti che affiancava la strada si faceva più scuro. Il vento si sentiva di nuovo e serpeggiava fra i solchi di fagiolini e di pomodori. Sollevandosi appena e poi lasciandosi andare l'una sull'altra le foglie sembravano sospirare. Da tutto quel verde spuntavano occhi inquirenti perché avevano sentito il fruscio di scarpe lungo la strada, abbassavano le palpebre come se volessero fare un saluto e poi scomparivano sotto le foglie che si sollevano per dare l'ultimo sospiro nel vento del tramonto. Lui camminava dritto, non si voltava,voleva raggiungere la casa senza fermarsi, non voleva rispondere a nessun saluto. Lungo la strada non veniva nessuno. Quando arrivò alle prime case , sentì voci contrastanti di donne e di bambini, ma le porte erano chiuse, le anziane che di solito sedevano lì davanti non c'erano, con il calar del sole erano rientrate, forse si avvicinavano già ai tavoli ad aspettare il piatto della sera e, chissà, a ricordare, con lo sguardo fisso a una finestra, qualche episodio allettante del loro lungo passato. Sotto gli alberi e sulle panchine non c'era nessuno. Anche le ombre delle case erano scomparse. Il sole era sceso dietro all'orizzonte, e il vento era andato via con il sole.

Chiuse la porta; le luci erano spente; la casa era vuota. Salì le scale e non accese la luce. Una delle finestre della stanza era aperta, dirimpetto alla finestra chiusa c'era l'armadio. Appoggiò lo zaino sul letto e ne trasse l'involucro di felci. Sotto le sue dita il cucchiaio era ancora umido. Prese un asciugamano dall'armadio e lo passò lievemente prima su tutta la superficie, poi con l'indice destro avvolto in una delle punte dell'asciugamano cercò di toccare la caruncola lacrimale, la parte esposta dell'emiciclo delle pupille; voleva asciugare l'umido e to-

gliere gli ultimi granelli di polvere che l'acqua della fontana non era riuscita a smuovere; dopo con il medio e
l'indice passò dolcemente il panno sulla parte appena
sporgente dell'orbita. Accese la lampada accanto al letto e
guardò di nuovo il manico del cucchiaio. Chissà come si
chiamava il cesellatore? Perché aveva scelto di scolpire
quelle due figure su quel cucchiaio? Quali altre immagini
aveva escluso! Comunque era riuscito a fare tanto! Aveva
scolpito due pupille che guardandole di nuovo adesso sotto la lampada lo portavano, come era successo la mattina
vicino alle radici che aveva scavato, altrove, lo portavano
in uno spazio senza oggetti, circondato da un silenzio assoluto. Spostò subito lo sguardo e quando rivide la camera
ebbe la sensazione di essere appena arrivato; guardò il letto la lampada la finestra, poi si volse verso l'armadio per
guardarsi allo specchio, per vedere se infatti era lì.

Non l'avrebbe distrutto, non poteva; glielo impedivano
non solo le pupille ma l'idea stessa di quell'oggetto seppellito, chissà per quanto tempo, vicino alle radici di quel melo che lui quella mattina aveva contribuito a sradicare.
Scelse di nasconderlo nell'armadio sotto un mucchio di
panni.

Comunque prima o poi doveva toglierlo da quell'odore
di naftalina che s'infilava nelle narici appena apriva
l'armadio. E poi? Cosa fare? A chi l'avrebbe fatto vedere?
Forse a quel nipote che aveva poco prima celebrato finalmente l'ultimo anno d'università. Ma cosa aveva imparato? Non gliel'aveva mai chiesto. Eppure durante tutti quegli anni anni in qualche aula o in qualche biblioteca avrebbe dovuto aver sentito qualcuno parlare di sculture o di
forme artistiche, di come guardare quelle cose, di come
dire se sono belle o brutte, e di come dire se hanno un significato e un valore. Ma il significato lui l'aveva già sentito dentro di sé, lo sentiva anche quando non aveva quelle
pupille sotto gli occhi, quando erano assenti e lui, senza
nessuno sforzo, ad occhi chiusi rivedeva tutto, ogni minimo dettaglio. Allora perché cercare qualcuno a cui farlo

vedere? Bastava quel che sentiva! Chi avrebbe potuto dirgli qualcosa che avrebbe trasformato ciò che le pupile gli facevano sentire?

La mattina dopo, steso sul letto, sentì voci sommesse e frasi bisbigliate fuori sotto il suo balcone. Era il momento più dolce del giorno, quando voci e passi venivano solo accennati e poi lasciavano dietro di loro una breve pausa di silenzio. Forse chi era già fuori non voleva intrudere prepotentemente nel mondo di chi cercava ancora di rannicchiarsi nel succoso sonno del mattino, di chi seguiva i sentieri intrecciati di qualche avventura inaspettata ma sempre gradita, un'avventura che la luce del giorno avrebbe fatto svanire con i soliti oggetti e le solite situazioni.

Le parole di Adriano

Una nebbia grigiastra era calata lungo le vie del paese quella mattina quando bussai alla porta ed entrai nello stanzino accanto alla cucina. In quello spazio ristretto non riuscivo a star fermo, muovendomi e girandomi urtavo i gomiti contro le pareti. Quelli che entravano, i miei cugini e una mia zia, per salutarmi, già prima di toccarmi la mano, si sentivano scossi dall'atmosfera gremita dei miei scatti ansiosi. Muovevo appena le labbra per rispondere ai saluti e continuavo a girare per lo stanzino; pensavo solo al discorso che aveva fatto il nonno il giorno prima: un discorso costruito tutto di ellissi, frammenti senza esiti, spezzati e lontani da qualsiasi ponte che li avrebbe dovuto portare al di là del vuoto creato da quelle parole che uscivano dalla bocca del nonno quasi come se si volessero nascondere. Mi fermai quando sentii la voce rauca che scendeva le scale e dava il buon giorno a tutti. In quel momento mi giravo ma non riuscivo a vedere la porta per uscire dallo stanzino, per farmi vedere, per fargli capire che ero venuto per riprendere quella conversazione — se era corretto chiamarla proprio così — spezzettata del giorno prima: una conversazione che mi aveva incuriosito, proprio perché si era svolta con tutti quei frammenti, senza esiti; pensadoci dopo mi era venuta l'idea che quell'uomo apparentemente così semplice aveva lucidamente e forse anche maliziosamente manipolato quella conversazione con dei precisi obiettivi, non era stato affatto un dialogo costruito da botta e risposta, era stata invece una costruzione linguistica esplicitamente articolata da quell'uomo che continuava a rivelare nuovi e inaspettati lati della sua personalità. Stavo per finalmente uscire dallo stanzino quando sentii.

"Andiamo, cosa fai lì"?

Mi voltai verso la finestra dello stanzino e lo vidi fuori in mezzo alla via, con lo zaino a tracolla sulla spalla destra.

Ricominciò a parlare solo quando raggiunggemmo il punto del viottolo dove erano apparsi i mulinelli e lui aveva cercato di toccarne uno. Si fermò e guardò in alto forse sperando di vedere il vento venir giù come era venuto quell'altra mattina. Ma il vento non c'era e lungo il viottolo che portava verso il crinale si vedevano sparsi pennacchi di nebbia sotto il cielo grigio.Dal crinale, alzò la mano sinistra e indicò qualcosa che io da quella distanza non riuscii a distinguere.

"Lì c'era il melo; le radici le ho scavate io, ma solo dopo che avevano già portato via tutto, solo allora ho deciso di togliere le ultime tracce".

Sentendolo parlare delle radici, pensavo che fosse arrivato, finalmente, il momento che stavo aspettando da quando avevo ascoltato quella conversazione spezzettata. Ma mi sbagliavo. Non aveva mosso lo zaino, penzolava ancora e sbatteva contro la gamba destra ogni volta che la gamba sinistra faceva un passo in avanti. Si voltò a guardare il cammino che avevamo già fatto, ma io non capivo ancora perché eravamo andati in quel posto, e non riuscivo a dire le parole necessarie per fargli la domanda.

Forse eravamo venuti solo per vedere la terra scavata e ammucchiata attorno alla fossa. Ma perché tutto quel silenzio durante il cammino? Parlava solo di quello che era già accaduto, parlava di quella mattina, come se non ci fossero altre mattine, altro tempo. Come se ci fossero solo quei misteriosi mulinelli, il vento, e senza mai nominarla, quella cosa custodita nello zaino; mi rendevo lentamente conto che per quell'uomo i mulinelli e quella cosa racchiusa nello zaino erano la stessa cosa, forse perché erano apparse la stessa mattina, il tempo li aveva irrevocabilmente connessi nello spazio fisico/mentale di quell'uomo taciturno, quell'uomo che mi aveva portato in quel posto deserto, quel posto non tanto distante dalle case abitate, che quella mattina, però, guardandole, senbravano molto lontane. Era la prima volta che arrivavo fino a quel punto della montagna. Non avevo mai visto nessuno fare lo stesso cammino che stavamo facendo noi; e io stesso non avevo mai sentito il bisogno di vedere cosa c'era oltre quel punto visibile dalla strada che andava parallela al viottolo, ma che portava verso la pianura e verso altre strade.

Quello era un paesaggio brullo, immobile, presente lì da sempre. Ma quell'uomo che riprendeva a camminare, senza fare un cenno o dire una parola, si muoveva in quello spazio come se gli appartenesse, parlava di quel posto come se lui avesse contribuito a darle quella forma, come se fosse stato proprio lui a distribuire massi e cumuli di rocce che si vedevano sparsi dall'altra parte del crinale. Dalla terra ammucchiata mi aspettavo di trovarmi davanti a una fossa profonda, pensando che le radici avessero sentito la necessità di prenetrare la terra non solo rizomaticamente ma anche in profondità, cercando acqua o altri nutrienti. Avevo visto radici solo sui libri di scienza degli anni delle scuole medie, se non addirittura delle elementari; erano sempre immagini molto vivide, colori scelti per distinguere le diverse parti dell'albero. In quelle radici esposte ci avevo visto a volte serpi che facendo scorrere le pagine sotto il pollice si agitavano e sporgevano le lingua biforcuta come se volessero sfiorarmi la pelle. Altre volte ci avevo visto solo gangli sanguinolenti di qualche essere il cui corpo immaginavo fosse stato lacerato, i gangli di quel corpo si muovevano lentamente nell'aria per esprimere allo stesso tempo la nostalgia per l'esprienza vissuta e l'addio alla parte ormai persa per sempre.

"Qui non ci sei mai stato, vero? Sì, ti piace la strada lì sotto, ti piace correre, qui se corri inciampi e va a finire che bagni le pietre di sangue. Ma non sei l'unico, nemmeno tuo padre ci è mai stato, anche a lui è sempre piaciuto correre."

Sentivo l'eco di quell'altra conversazione, tutta spezzettata; bisognava seguirlo attentamente, mettere i ponti fra quei pensieri che uscivano secondo regole da scoprire solo quando ritornava il silenzio.

"Pensa un po', qualcuno era venuto fin qui a piantarlo, così fuori mano, ho fatto tante domande, volevo sapere chi l'aveva piantato, c'erano quelli che mi ascoltavano, poi mi guardavano e voltavano le spalle, non sapevano niente. Ormai è scomparso, le ho scavate io le radici, ho sradicato le ultime tracce, vieni, sporcati le mani con me."

Si era già inginocchiato e aveva i pugni pieni di terra. Volevo inginocchiarmi accanto a lui ma non riuscivo a piegare le ginocchia, guardavo ogni suo movimento: le dita che penetravano la terra morbida e l'afferravano, poi le braccia che si stendevano sopra la fossa e le dita che lentamente si aprivano e lasciavano fluire la terra verso il vuoto che l'aspettava.

"Vieni! La terra è pulita, guarda, non ti farà male toccarla."

Ma avevo sentito dire che la terra nascondeva veleni, elementi chimici come il gas radioattivo radon, per nominarne uno; afferrarla come faceva lui avrei afferrato chissà quanti elementi chimici nocivi. Forse era proprio quello il movente che faceva prendere a tanti la strada parallela al viottolo, quella che portava verso altre strade, verso le città del mondo. Forse tutti volevano illudersi che stavano evitando il contatto con quegli elementi nocivi. E c'erano voluti anni e disastri per costringerli a capire che gli elementi nocivi li inseguivano, o li aspettavano proprio in quelle città dove si erano recati. Abbassai lo sguardo verso la fossa e finalmente riuscii a inginocchiarmi accanto alla terra ammucchiata; ficcai le dita anch'io in quella terra nera, sotto il cielo cupo e distante.

La storia dell'arte

Gli avevo ubbidito, lo avevo seguito in silenzio, lo avevo ascoltato, e avevo toccato la terra. Aspettavo che lui facesse il prossimo gesto, proprio lì, dove il melo era cresciuto e fiorito ogni anno, ma dove non c'erano più né le radici né quella cosa scavata lì che lui custodiva nello zaino. Speravo che l'attesa fosse arrivata alla fine, ma non riuscivo a trovare la parola giusta o il gesto necessario per comunicare la mia speranza.

"Che cosa hai imparato durante tutti quegli anni all'università?"

Era il suo tipico modo di intavolare un discorso: una domanda a brucia pelo che ti spiazzava, ti metteva davanti ad uno specchio invisibile ma innegabile.

"Molte cose! Ma..."

"Come, molte cose? Dimmi qualcosa di preciso! Sai qualcosa di sculture antiche? Hai conosciuto qualcuno lì che ne sa qualcosa?"

Non sapevo a quale punto dovevo rispondere prima. Di sculture antiche ne avevo viste e avevo anche seguito un corso di storia di arte antica.

"Si ho fatto un corso con un professore molto famoso, il professor Armando Ferraviuoli."

"E dove si trova questo Ferraviuoli?"

"Penso che sia ancora all'università."

Da quando era uscito di casa quella mattina non si era tolto lo zaino dalla spalla destra. Tutto ad un tratto vidi che si sedeva, poi prendeva la cinta dello zaino fra il pollice e l'indice, si toglieva lo zaino dalla spalla e lo poneva sulle ginocchia.

"Siediti lì, davanti a me!"

Forse l'attesa era arrivata alla fine. Le domande, il modo di prendere lo zaino e di porserlo sulle ginocchia erano gesti che promettevano ciò che io stavo sperando.

"Non voglio che gli altri lo vedano! Non ancora!"

Lo aveva già tolto dallo zaino ma era ancora avvolto in un panno che sembrava un asciugamano. Cercavo di immaginare cosa fosse, ma non riuscivo a trattenere molto a lungo un'immagine precisa; proprio quando riuscivo a immaginare una forma distinta e nitida, quella di trasformava in qualcosa diversa, con linee e tratti che non avevano niente a che fare con l'originale, poi anche quella subiva a sua volta una trasformazione, e sentivo di aver perso il controllo della mia fantasia, qualcosa la faceva andare avanti, la faceva funzionare secondo regole a me ignote. Forse era l'ansia di avere finalmente sotto gli occhi quella cosa che lui fino a quel momento era stato tanto riluttante a farmi vedere.

"Già prima di lavarlo, quella mattina quando l'ho tolto dalla terra e l'ho avuto fra le mani ho sentito di trovarmi davanti a qualcosa di insolito, ma era una sensazione sfuggente, un pensiero che va subito via, però lascia qualche lieve traccia dietro di sé. Poi quando l'acqua della fontana ha tolto le ultime incrostazioni da tutta la superficie e ho visto per la prima volta le pupille incise sul manico, sono restato stupito; ho avuto paura e ho deciso di nasconderlo, di tenerlo lontano da altri occhi."

Parlava come lo avevo sentito parlare solo altre volte quando voleva comunicare qualcosa che lui stava cercando di capire anzitutto per se stesso.

"Tu cosa vedi?"

Mentre parlava toglieva il panno e porgeva quella forma nello spazio che ci separava. Non sapevo cosa fare. Ma non c'era modo di non fissare quella cosa che ormai ci univa, e ci avrebbe uniti per molti giorni, anzi per anni.

"Ci sono delle incisioni."

La nebbia era sfumata e il sole era già alto nel cielo. Lui aveva parlato delle pupille ed era la prima cosa che cercavo di vedere. C'erano due immagini: un viso e ciò che sembrava un cerchio.

"Il cerchio se lo guardi bene è qualcos'altro, è un serpente che si morde la propria coda, si nota dalla dimensione di una delle parti dove si congiungono. Dalla mattina quando l'ho scavato, io guardo solo le pupille."

Mi aveva chiesto cosa avevo imparato all'università, e io non sapevo ancora come rispondergli, ma se avevo imparato qualcosa, quella mattina, guardando quel cucchiaio con quelle incisioni, non riuscivo a ricordare niente. Quel poco che avrei dovuto ancora ricordare da quel corso sull'arte antica era svanito. Se lui mi avesse chiesto di dire qualcosa di specifico di quelle immagini, non sarei riuscito a dire una parola. Avrei potuto solo dare una descrizione del viso con i tratti appena accennati e del cerchio, il quale secondo lui doveva essere un serpente. E proprio su quest'ultimo mi venne in mente qualcosa imparata durante quel corso e poi letta in altri libri: il serpente che si morde la propria coda è l'*uroboros*, il simbolo della creazione, un simbolo che si trova in molte culture primitive. Ma lui non mi chiese niente, forse aveva intuito che io non gli avrei potuto dire molto. Continuava a dire che a lui interessavano solo le pupille. E quella sua insistenza mi incuriosiva sempre di più, volevo capire perché si era invaghito di quelle pupille.

LE DONNE E I CAVALIERI

Nel paese c'erano donne anziane che dormivano solo durante le prime ore della notte, poi si trovavano con gli occhi spalancati a guardare il buio. Non sapevano più restare stese sul letto ad occhi aperti, forse perché avevano perso i ricordi di quegli anni lontani quando restare rannicchiate vicino a qualcuno o da sole con la propria fantasia era l'apice dell'abbandono. Adesso il corpo che toccava le lenzuola non risvegliava più nessun ricordo. Solo il buio era sempre lì pronto ad accarezzarle appena aprivano gli occhi. Perciò scendevano subito dal letto e infilavano i piedi in pantofole sfilacciate dagli anni ma ancora morbide, e con le mani protese in avanti si fermavano solo quando le dita ossute toccavano la parete. Nel pieno della notte non volevano urtare contro sedie o tavoli e disturbare chi dormiva. Strisciavano le dita lungo la parete e raggiungevano la finestra e la loro sedia preferita, lasciata lì la sera prima di andare a letto. Certe notti aprivano la finestra e restavano meravigliate davanti alla valle che giaceva nel silenzio latteo della luna. Erano le notti quando sentivano una stretta al cuore perché credevano di rivedere i loro giovani corpi andare fiduciosi lungo un viale e poi improvvisamente fermi ad ascoltare una voce che sussurrava il loro nome. Ma erano solo istanti che sparivano e annientavano le figure esili di quelle lontane se stesse; e ogni volta lasciavano un vuoto sempre più vasto nel cervello e nel cuore di quelle donne con il viso esposto alla luce lattea della valle e al buio incombente alla finestra. E da quel buio ad un certo momento della notte si sentivano scricchiolii di scarpe sul pietrisco sparso per la via. Allora ogni anziana alla finestra si sporgeva oltre il davanzale e tendeva l'orecchio per riconoscere il ritmo di chi si era alzato di buon'ora e usciva dal paese.

Quando i carabinieri sentirono parlare delle anziane che restavano sveglie alle finestre durante quasi tutta la notte, vollero subito sapere nomi e indirizzi. Ogni volta che si trovavano in una situazione un po' torbida sentivano di nuovo le voci dei superiori che continuavano a sottolineare l'importanza di inseguire ogni indizio, anche il meno probabile. Si guardavano negli occhi e senza parole si dicevano che non si sa mai dove può condurre un indizio apparentemente insignificante. Nel paese c'erano anche due o tre sfaccendati che non stavano mai fermi, erano sempre presenti dove nessuno se li aspettava, ficcavano gli occhi dappertutto, sapevano tutto di tutti, anche di ciò che succedeva nel buio. Accompagnati da uno di questi sfaccendati, una mattina piena di sole, i carabinieri bussarono a diverse porte, sperando di sentire, da una di quelle anziane, se non un nome specifico perlomeno qualche frase come, "mi è sembrato, forse, potrebbe essere stato," invece, appena mettevano piede oltre l'uscio, restavano interdetti perché sentivano gli occhi di quelle donne fissi sulle loro divise. Fermi vicino all'entrata, ubbidivano al comando silenzioso di quegli sguardi che si spostavano lentamente e sembravano volessero afferrare ogni minimo dettaglio delle divise. Poi finalmente uno di loro trovava il coraggio di fare un gesto, di avvicinarsi e timidamente formulare una domanda. Nella sua esperienza era abituato a ricevere una risposta, anche se il più delle volte non era mai quella prevista dalla domanda, e comunque quella mattina si aspettava perlomeno un accenno, un movimento delle labbra. Invece, niente, solo lo sguardo fisso sui dettagli della divisa. Pensando di aver usato parole difficili, burocratiche, per quelle donne anziane, il carabiniere abbassava gli occhi, si guardava attorno e cercava di ricordare parole più semplici, frasi costruite apposta per quelle donne che continuavano a scrutarlo, indifferenti a ciò che lui diceva. Le anziane sentivano le nuove frasi del carabiniere e finalmente rispondevano facendo i nomi di quelli che erano passati a piedi vicino alle finestre durante la notte. A quel punto i carabinieri si guardavano e poi abbassavano gli occhi; né l'uno né l'altro cercava di costruire altre frasi, sarebbe stato inutile. Loro cercavano qualche indicazione di un rumore di macchina ad un certo momento della notte; ma pian piano si rendevano conto che per ognuna di quelle donne se c'era stato il rumore di un'automobile esso non aveva trovato un posto nello spazio sempre più vasto e vuoto del loro cervello, quel rumore era svanito per sempre nel buio. Le anziane non l'avevano nemmeno percepito; era qualcosa che faceva parte di un tempo che scorreva diversamente da quello scandito da scarpe che smuovevano il pietrisco della via nella notte.

Appoggiato accanto alla porta lo sfaccendato che aveva condotto i carabinieri in quella casa si preoccupava di sentire la voce di uno dei carabinieri che cercava lentamente di rifare ogni frase; e toccando l'orecchio alla porta quel povero uomo sperava che quei rifacimenti, quelle pause interrotte da parole sempre più corte, sempre più vicine al dialetto, prima o poi, riuscissero a raggiungere i fili tenui che reggevano ancora il cervello delle anziane; sperava che qualche scintilla portasse in se non solo l'energia ma qualche lembo del passato indispensabile a riformulare l'immagine negli occhi di quelle donne che guardavano la notte; aspettava che da quell'immagine uscisse poi qualche nome che avrebbe indirizzato i carabinieri sulle giuste tracce da seguire. Ma quando vide le due facce riapparire nella penombra dell'uscio, gli si aprì la bocca ma non ne uscirono parole per riprendere il discorso con quelle due divise. I diversi colloqui con le anziane non avevano risolto il mistero di chi aveva osato trafugare quell'oggetto di cui tutti avevano qualcosa da dire. Lo sfaccendato volendo rendersi ancora utile cercava di formulare frasi che avrebbero suggerito a quegli uomini in divisa di inventare loro qualche indizio da seguire per rintracciare quel cucchiaio sparito misteriosamente.

La percezione delle cose

I due carabinieri, non volendo ignorare niente, scrutavano il gruppo che si era formato vicino al bar. Ad un tratto lo sguardo di uno di loro si soffermava su una faccia e si capiva subito che quello sarebbe stato il prossimo ad essere interrogato. Infatti l'altro carabiniere si avvicinava e indicava all'uomo guardato di seguirlo in una delle sale del municipio designata per l'interrogatorio. Negli sguardi del resto del gruppo si potevano leggere i pensieri più ovvi: che i carabinieri, come al solito, sbagliavano, non sapevano niente di quello che avevano guardato e portato via, che quello aveva forse una faccia un po' sospetta ma che non avrebbe mai osato fare una cosa simile; a quel punto si vedeva in ognuno del gruppo un sorriso appena accennato, quasi un sorriso di commiserazione verso i carabinieri che avevano l'incarico di trovare il colpevole. Poi tutti si giravano dalla parte del municipio perché sentivano lo strascicare delle scarpe sugli scalini. Il carabiniere era stato bravo, aveva capito subito che quello con cui parlava non poteva essere il colpevole. Ciò voleva dire però che tutto sarebbe cominciato di nuovo: i due carabinieri avrebbero rivolto lo sguardo su tutto il gruppo e inevitabilmente uno di loro si sarebbe soffermato su un'altra faccia, una faccia forse altrettanto sospetta di quell'altra ma altrettanto incapace di aver commesso quell'atto. Ognuno aveva già capito che prima o poi sarebbe toccato a lui essere guardato, portato in municipio, e interrogato. E ognuno pensava che poi come tutti gli altri sarebbe uscito e sarebbe ritornato a far parte del gruppo. Ma in ognuno di loro c'era anche il timore che quel carabiniere avrebbe potuto fare delle domande le cui risposte avrebbero potuto far nascere qualche sospetto; risposte interpretate secondo regole diverse da quelle che avevano strutturato l'esistenza di quelli che si trovavano nel gruppo. Erano loro adesso a scrutare le facce dei due carabinieri per cercare di capire chi erano veramente, da dove venivano, dove avevano vissuto la loro infanzia e adolescenza, cosa avevano fatto prima di mettersi quella divisa e quella pistola al fianco? I carabinieri avevano già capito che il colpevole non l'avrebbero pescato fra quelle facce con sguardi fissi che oscillavano da ostensiosi a sommessi. Bisognava infilarsi lungo le vie strette che si inerpicavano verso l'alto o si estendevano orizzontalmente e sperare di sentire una parola detta da qualcuno in un momento di disattenzione.

A malincuore ammisero a se stessi che fino a quel punto erano riusciti ad imbattersi solo in vicoli ciechi. Sotto la luce sbiadita di un sole pomeridiano già sentivano il capitano che rimbombava nello stanzone dove li avrebbe aspettati, facendo scatti nervosi e sbattendo le scarpe sul pavimento come se volesse scavarlo con ogni passo. Fermi in mezzo ad una delle vie, non avevano un'idea precisa di dove rivolgersi. Stavano andando via ignorando lo sfaccendato che li aveva accompagnati quel giorno; come ogni volta che uscivano senza una risposta, vedevano lo sfaccendato fermo con la bocca aperta, sembrava uno di quei faccioni scolpiti sulla facciata della fontana: occhi fissi sempre allo stesso punto del muro dirimpetto e bocca perpetuamente spalancata dal getto d'acqua. Dove andare a sedersi per elencare ciò che erano riusciti a raccogliere fino a quel momento? Si guardarono e capirono che non avevano veramente raccolto niente. Ma non era la prima volta che si trovavano in tale situazione. Bisognava mettere subito tutto per iscritto, includere tutto, anche ciò che sembrava assolutamente estraneo al caso; dalla loro pur breve esperienza avevano constatato che, se guardata attentamente, la realtà, a volte, si rivelava molto più connessa di quanto la gente pensasse; se guardate dal punto di vista giusto le cose prima o poi indicavano esse stesse il contesto nel quale dovevano essere inserite. Diedero un'occhiata allo sfaccendato e uno di loro con la mano gli indicò di non seguirli. Ma quale via prendere? Non era il caso, comunque, di andare al bar, troppi sguardi troppi curiosi e troppe chiacchiere. Avevano intravisto dei sentieri che portavano lontano dal paese, verso colline e poi verso monti di diverse dimensioni. Decisero di prenderne uno e di seguirlo fino al punto dove c'era un tratto di pianura e alcuni alberi frondosi. Seduti sotto una quercia vedevano solo facciate e spigoli delle case del paese; non sentivano voci, solo qualche improvviso fruscìo e poi il silenzio del pomeriggio. Avevano trovato il posto giusto per riflettere su ciò che erano riusciti a mettere insieme durante quegli ultimi giorni, da quando avevano risposto al telefono ed avevano sentito la voce che parlava senza preoccuparsi se qualcuno la stesse ascoltando, una voce che continuava a ripetere le parole "zaino e oggetto avvolto in un asciugamano", diceva che qualcuno era riuscito a trovare quell'oggetto e l'aveva portato via. Da quelli con cui avevano parlato nella stanza del municipio, non avevano tratto niente, soli sguardi torvi e mormorii, sicuramente inprecazioni in dialetto. Dalle donne anziane ricordavano solo gli occhi fissi che scrutavano le divise. Quindi non avevano niente.

Ad un tratto uno di loro si trovò con il sorriso sulle labbra; gli erano venuti in mente gli anni passati all'università e la rapina di Aldo Moro. Usciva presto la mattina e davanti all'edicola aspettava l'arrivo dei giornali. Ma le notizie sembravano sempre le stesse, la differenza fra i giornali si notava solo nel linguaggio che rifletteva il punto di vista o come si diceva allora l'ideologia della testata. L'essenziale era lo stesso: la polizia e tutti gli altri inquirenti conitinuavano a dire che stavano seguendo tutti gli indizi, tutte le piste. Durante quel periodo lui era ritornato a leggere le opere di Edgar Allan Poe con il suo affiscinante detective, C. Auguste Dupin. Cercava di ricordare i versi di una poesia che lui aveva scritto e alla quale aveva dato il titolo "C.Auguste Dupin." Nella poesia c'era l'immagine di un chiodo, questo lo ricordava chiaramente. Forse non era riuscito a rendere l'idea, ma voleva far capire che Dupin, seguendo quell'indizio del chiodo, probabilmente ignorato dagli altri inquirenti, sarebbe arrivato al covo dove Moro era tenuto prigioniero. Ricordava la mattina seduto ad un tavolo nella mensa dell'università con davanti i giornali e il volume di Poe con una copertina blu, e come tutto ad un tratto aveva cominciato a scrivere, guardando i titoli dei giornali e rivedendo le immagini che Poe aveva scelto per la composizione di "La lettera trafugata" e "Il Delitto della Rue Morgue":" la lettera lasciata in un cestino appeso davanti agli occhi di chiunque avesse avuto il fiuto acuto per annusarla, chiunque avesse capito l'importanza di mettersi dalla parte dell'altro e guardare la realtà da un altro punto di vista, e il chiodo e la finestra della casa nella Rue Morgue: oggetti presenti sotto gli occhi della polizia, ma in realtà assenti. Sorrideva ancora, ma per un altro motivo; si guardava attorno e pensava al tipico ambiente nel quale si muoveva Dupin; era sicuro che quel genio non si era mai seduto sotto una quercia con le scarpe vicino ad una fila di formiche che tiravano dritto verso il loro ripostiglio. Dupin si muoveva fra le tenebre, fra le ombre mutevoli della notte. Forse aveva bisogno di muoversi fra strutture che sembravano svanire per poter poi inseguire indizi che portavano ad oggetti palpabili; era uno che con ogni gesto, con ogni pensiero creava la propria sintassi del tempo e dello spazio.

Quante volte lui trovandosi davanti ad un caso apparentemente insolvibile aveva pensato ai segni sulle pagine che dispiegavano il pensiero di Dupin e creavano una rete sonora che conduceva inevitabilmente ad una conclusione. Aveva cercato anche lui ogni volta di creare una rete che portasse ad un'inevitabile conclusione. Ci era anche riuscito qualche volta. Forse perché in quei casi c'era qualcosa di concreto all'inizio, una pistola con le impronte, un coltello insanguinato. Ma nell'attuale caso di quell'oggetto trafugato, di quel cucchiaio, attribuito da alcuni addirittura agli Etruschi, c'era solo quell'uomo con parole distanti l'una dall'altra, con lunghi silenzi, con uno sguardo inscrutabile. Guardandolo nessuno poteva capire cosa stesse pensando. Dopo la breve denuncia della scomparsa dell'oggetto, aveva appena appena pronunciato un sì o un no alle loro domande; nemmeno la presenza della loro divisa gli aveva sciolto la lingua. Ma bisognava ritornare proprio da quell'uomo, bisognava convincerlo a dire qualcosa di preciso dell'oggetto. Sapevano solo che si trattava di un cucchiaio. Ma che tipo di cucchiaio poteva scompigliare l'intero paese in quel modo? Seduti sotto la quercia non riuscivano nemmeno a immaginare dove si sarebbero diretti per rintracciarlo.

Le voci ambigue

Nessuno era riuscito a dire da dove era giunta quella voce che diceva di aver sentito dire che a Manhattan qualcuno aveva visto il cucchiaio in uno dei musei di quella città. Quando i carabinieri avevano interrogato quelli che ne parlavano vicino ai bar o per le vie del paese, come al solito non erano riusciti a raccogliere niente di sostanzioso. Ma il nonno seduto al suo solito posto sotto il fico con la sguardo rivolto verso la pianura voleva che ogni bisbiglio, ogni frase che si riferiva a quell'oggetto fosse esaminata fino in fondo; per lui era l'unico modo di rintracciare quel cucchiaio che, purtroppo, aveva solo creato confusione fra certi gruppi del paese.

Il giorno dopo al ritorno dalla sua solita passeggiata, prima di sedersi, si fermò e mi chiese se avessi un registratore. Risposi che anche Angelica ne aveva uno. Lui subito la chiamò e le disse di portare il registratore giù in giardino. Le cose che erano successe con l'arrivo del cucchiaio le voleva narrare a modo suo. Io dovevo solo ascoltarlo e fare attenzione al registratore. Voleva infatti che ci fosse sempre qualcuno che ascoltasse le sue parole. Io avevo notato dall'inizio che durante la sua narrazione a volte dopo una frase particolarmente audace mi guardava per notare la mia reazione, per vedere se quello che lui narrava aveva in qualche modo avuto l'effetto che lui aveva anticipato.

Angelica si sedette accanto a me e mi porse il registratore che io misi sul tavolino davanti a lui. Gli dissi che era pronto e che poteva parlare.

La realtà riscoperta

"Io non volevo scoprirlo! Non volevo che altri vedessero quelle pupille e quel seno appena accennato. Ero geloso? Forse! E' possibile che durante quei giorni così strani sia nata in me un'intuizione di cose future. Non so. Quando mi dissero che sarebbero arrivati esperti dall'università, più che gelosia ebbi paura. Cosa avrebbero visto in quelle incisioni? Avrebbero girato e rigirato quel manico e l'avrebbero analizzato secondo le regole della loro professione. Quando cercavo di immaginare i risultati delle loro analisi sentivo solo parole incomprensibili. Poi quando riuscivo a capire qualcosa sentivo solo parole che mi dicevano di buttarlo via o di usarlo per scodellare minestra. Quegli esperti non avrebbero visto le cose che avevo visto io quando l'acqua della borraccia aveva ammorbidito la terra e lentamente aveva rivelato quello sguardo che mi fissava da ogni parte; anche da sotto l'involucro di felci sentivo che quegli occhi mi fissavano. Poi gli esperti si misero a fare i loro discorsi davanti alle telecamere e sconvolsero tutto. La reazione non fu immediata. Forse se avessero smesso di parlarne, tutto si sarebbe svolto diversamente. Ma invece quei discorsi divennero una presenza costante ogni giorno e ogni sera sui due canali televisivi. Tutti esprimevano la loro meraviglia del fatto che un cucchiaio dichiarato e accertato dagli esperti come un "cucchiaio etrusco" fosse venuto alla luce proprio da queste parti della penisola. Gli esperti facevano il giro degli studi televisivi e non si stancavano di elaborare, di ricamare storie che non avevano molto a che fare con le incisioni trovate sul quel manico.

"Poi una mattina appena varcai la soglia di casa ebbi la sensazione di trovarmi in un ambiente mutato. Lì per lì non sapevo cosa fare. Mi fermai proprio davanti alla porta. Forse stavo sognando; oppure avevo sognato durante la notte e quel sogno mi aveva disorientato. Stavo per rientrare in casa, quando notai la donna che abitava nella casa all'angolo ferma davanti alla porta. Dopo pochi secondi la vidi venire verso di me. Passandomi davanti mi sfiorò la scarpa destra con la sua sinistra, ma non mi salutò. Io non dissi niente. Guardandola mentre si allontavana, osservai che si muoveva in un modo particolare; appoggiava i piedi a terra come se i cubetti neri e duri della via fossero morbidi; con ogni passo la scarpa mi sembrava che affondasse nell'ovatta nera del cubetto su cui poggiava. Com'era possibile che quella cosa così dura e nera fosse diventata morbida? Mi aspettavo da un momento all'altro vedere la via tutta bianca, proprio come l'ovatta. Mentre la donna girava l'angolo, uscirono dalle altre case del vicinato altre donne e altri uomini. Ognuno appena metteva piede sulla via aveva lo stesso atteggiamento di quella prima donna; aveva gli occhi aperti ma era difficile capire se stesse vedendo le cose che aveva visto prima ogni volta che era uscito di casa. Comunque nessuno di quelli che passarono davanti a me mi salutò. Era come se io non fossi lì immobile davanti alla porta di casa. Quando un giovane che prima mi aveva sempre salutato mi passò davanti decisi di dire il nome. Si voltò lentamente, abbassò le palbebre, ma non si fermò. Dove andavano con quegli sguardi tenebrosi? Sembrava che fossero usciti da un lungo tunnel e facessero fatica a orientarsi di nuovo alla luce del sole.

"Ero davanti alla porta, indeciso. Non passava più nessuno; il vicinato era muto. Non sapevo cosa pensare. Forse quel giovane e gli altri, tutti quelli che di solito mi avevano sempre salutato, avevano semplicemente deciso di togliermi il saluto. Dopo tutto dov'era scritto che la gente del vicinato deve salutarti ogni volta che ti vede? Infatti non c'era nemmeno una regola scritta che la gente deve darti il buongiorno la prima volta che ti vede la mattina.

Durante tutti gli anni passati a Manhattan non avevo mai sentito un buongiorno la mattina quando, fermo sulla soglia del palazzone dove abitavo, aspettavo che fra tutte quelle aste in movimento si creasse un vuoto o una minima distanza fra due corpi, per poter buttarmi in quello spazio e sincronizzarmi, diventare un'altra asta intenta a raggiungere il punto prefissato. Con questi pensieri volevo spiegare a me stesso il sorpredente modo di essere dei miei vicini. Potevo accettarlo, anche se a malincuore, e riprendere a svolgere le faccende di quel giorno. Ma purtroppo ci ripensai. Conclusi che di solito non si cambia modo di essere o di fare da un giorno all'altro. Voi direte che può succedere. Son d'accordo, ma un motivo ci deve pur essere! Non necessariamente ovvio, ma comunque presente da qualche parte, e una volta scoperto dovrebbe portare ad una spiegazione. Cosa avevo fatto i giorni anteriori? Forse io distrattamente non avevo salutato né quel giovane né gli altri. No! Pensavo di aver colto il motivo, la causa spiega-tutto, ma mi rendevo subito conto che stavo esagerando, stavo cercando di convincermi, volevo convincermi perché volevo che le cose, tutti quei riti impliciti nella nostra comunità, continuassero come sempre, non volevo accettare che qualcosa aveva cambiato tutto, aveva introdotto in quell'ambiente una rottura, un vuoto tra il giorno anteriore e quella mattina.

"Solo il giorno dopo venni a sapere che in quasi tutte le case la superficie specchiante nei bagni aveva fatto vedere le sue prime trasformazioni.

Guardare e vedere

"Solo pochi non avevano perso del tutto il desiderio di vedere le cose con i propri occhi e di toccarle con le proprie mani; bastava uno sguardo, a quei pochi, per intendersi che si sarebbero incontrati la mattina presto e avrebbero seguito insieme la strada e il viottolo che conducono al di là del crinale, tra le pietre raccolte in cumuli e gli spazi tracciati sull'erba in varie figure geometriche. Gli altri, quelli che non avevano mai visto i cumuli o gli spazi geometrici e non avevano nessun desiderio di vederli, appena si svegliavano la mattina non vedevano l'ora di trovarsi davanti alla superficie specchiante del bagno. Voi tutto questo lo sapete, ormai fa parte dei vostri giorni. Ma provate a fare questo: chiudete gli occhi e cercate di immaginare quella prima mattina nel bagno, l'improvvisa scomparsa della propria fisionomia dallo specchio, l'apparenza dei primi luccichii, i primi tratti di profili, i primi improvvisi scatti di braccia e di mani. Come reagite? Alcuni quel primo giorno pensarono che fossimo giunti al giorno del giudizio, a quel momento immaginario, sconvolgente, e irreversibile. Preso dall'ansia ognuno non riusciva più ad immaginare un suo futuro; si sentiva con i piedi inchiodati in quel piccolo stanzino. Davanti c'era solo lo specchio, ma era uno specchio che non rifletteva più la fisionomia che aveva attraversato la soglia del bagno dopo l'alba quella mattina. Fissando inevitabilmente quello spazio contenuto dal filo di cornice metallica, ognuno vide il realizzarsi di corpi di donne dai volti austeri e di uomini dagli sguardi severi e lontani. Dietro a quei corpi apparve il profilo di montagne brulle, montagne che sembravano ondeggiare entro la struttura specchiante. Giorni dopo, parlandone seduti sotto l'ombra di un tiglio o al tavolino di un bar, tutti dissero che non sapevano come avrebbero dovuto reagire quella mattina. Alcuni ammisero che avevano avuto paura di girarsi verso la porta del bagno; pensavano che la porta fosse scomparsa come la loro fisionomia. Altri ebbero la sensazione che quello stanzino stesse vagando nello spazio spinto da un vento mai sentito prima, a quel punto uno di loro rivelò che aveva pensato ad "un vento iperuranio."

"Si era sparsa la voce che all'inizio la misura della superficie riflessiva dettava la struttura dei movimenti e il loro modo di svolgersi, il quale era lo stesso in ogni specchio. Poi un giorno uno dei tanti fermi davanti al proprio specchio, forse annoiato di vedere movimenti solo minimamente variati da un giorno all'altro, o forse per puro capriccio, per pura voglia di sperimentare, (lui stesso non è mai riuscito ad indicare un movente definitivo) cominciò a immaginare prima le donne con sorrisi sfavillanti e con capelli sciolti sulle spalle, quelle che prima avevano capelli neri le immaginò e apparvero con capelli biondi, quelle con capelli biondi tutto ad un tratto apparvero con capelli di un castano cupo con striature rossastre; poi si concentrò sugli uomini e invece dei soliti sguardi severi li immaginò con occhi presi da un senso di ansia e di sgomento. Vedendo le immagini della sua fantasia realizzate nello spazio circoscritto della superficie specchiante, ebbe la sensazione di essere entrato in uno stato di dormiveglia, in quel non-luogo interstiziale dove si decide ogni prossima mossa. Qualcosa in lui aveva espresso il desiderio di cambiare le cose che fino a quel giorno tutti pensavano che si potessero solo osservare. E rendendosi conto di ciò che era riuscito a fare, chiuse gli occhi, non voleva più vedere quelle immagini, voleva che scomparissero, ma non poteva dire perché desiderava la loro scomparsa, se qualcuno glielo avesse chiesto non sarebbe riuscito a dire perché volesse solo vedere la propria fisionomia riflessa nello specchio davanti a lui. Ma ormai era troppo tardi per volere certe cose. Qualcosa aveva fatto scattare l'ingranaggio e solo pochi riuscivano a resistere al fascino delle immagini che apparivano disinvolte nelle strutture specchianti la mattina.

"Molte cose cambiarono dopo quel giorno. Solo quelli che entravano nel bagno dalla mattina dopo l'alba fino al tocco di mezzogiorno vedevano la trasformazione del semplice specchio in ciò che si poteva solo definire uno schermo. Ma nessuno riusciva a spiegare il meccanismo che faceva apparire quelle immagini solo durante quelle ore. Un'altra cosa era e resta tutt'ora strana. Se un bambino entrava nel bagno prima di mezzogiorno ed era abbastanza alto da vedersi allo specchio, vedeva solo la sua fisionomia, lo specchio restava solo specchio. Questo resta strano perché nelle favole sono sempre i bambini a trovarsi in altri mondi, ad attraversare quello spazio interstiziale e vedersi, all'improvviso, circondati da una realtà tutta diversa. Ci furono anche quelli che per diversi motivi facevano del tutto per evitare l'incontro con lo specchio. Alcuni sceglievano di rimandare il rito quotidiano della barba e i capelli fino ad un minuto dopo mezzogiorno, quando ormai era noto a tutti che non ci sarebbe stata nessuna alterazione in quello stanzino. Altri, come me, andavano in giro tutto il giorno evitando qualsiasi superficie specchiante. Avevano paura di trovarsi davanti ad uno specchio, anche dopo mezzogiorno, e di non vedere la propria fisionomia. Forse avevano paura di ciò che avrebbero visto. Allora il paese si vide diviso in diversi gruppi, ogni gruppo con i propri orari e le propie preoccupazioni.

"Alcuni giorni dopo, durante certe ore del tardo pomeriggio o della sera notai che in certi posti d'incontro si formavano sempre gli stessi gruppi. Ogni gruppo aveva scelto il proprio angolo, chi vicino ad una panchina, chi ad uno dei tavolini del bar, chi vicino alla statua dei caduti in guerra, comunque avevano fatto delle scelte. Il primo del gruppo ad arrivare andava subito al posto prescelto. Gli altri appena si affacciavano allo spazio aperto del piazzale davano uno sguardo in giro e poi si dirigevano al proprio gruppo.

Inviti narrativi

"Io non mi facevo più la barba. Appena mi alzavo sfioravo le dita sui capelli tanto per dire a me stesso che avevo fatto il gesto di pettinarli. Se passavo per caso davanti a una vetrina, torcevo il corpo e guardavo dall'altra parte.

Evitavo addirittura le pozzanghere dopo la pioggia. Quando desideravo prepararmi un caffè, aprivo cautamente la porta della cucina e davo un'occhiata, volevo vedere se qualcuno avesse lasciato pentole o coperchi con superficie specchianti sul banco o sulla tavola. Avevo smesso anche di guidare la macchina; avevo paura che in un momento di distrazione mi sarei esposto un po' troppo e avrei visto chissà cosa nel retrovisore. Un giorno arrivò un ragazzo americano; da lontano notai subito che portava quegli occhiali da sole in cui da vicino ti ci puoi vedere. Il ragazzo era un parente di un mio amico, e questi voleva che gli parlassi, dato che ero stato in America. Gli dissi subito che quel ragazzo doveva togliersi gli occhiali, non mi ci sarei avvicinato altrimenti. Ero uno di quelli che andava in giro evitando ogni possibile superficie specchiante.

"Con il passar dei giorni mi accorgevo che stavo diventando un tipo abbastanza diverso, per non dire strano. Quando apparivo sulla soglia di casa notavo che non solo i bambini ma anche gli adulti, anche gli anziani che mi avevano visto crescere, si giravano per guardarmi, per vedere, ancora una volta, come mi ero ridotto; per i bambini ero diverso da tutti gli altri uomini che vedevano in giro; per gli adulti ero sicuramente qualcos'altro. Nei loro sguardi, anzitutto, leggevo delle domande, le stesse domande che io avrei rivolto ad uno come me. Comunque quegli sguardi volevano sapere come mai io facevo del tutto per non trovarmi davanti a superficie specchianti.

"Mi guardavano come se io fossi la causa dietro le apparizioni che si manifestavano in quasi tutte le case ogni mattina. Per loro io avevo spalancato le porte che avrebbero potuto condurre verso vie lontane e labirintiche. Io avevo acceso quel senso di curiosità che avrebbe potuto scomporre il passato e il presente di quelli che la mattina non vedevano l'ora di trovarsi davanti allo specchio. E ogni volta che leggevo quegli sguardi mi dicevo che avrei dovuto distruggere quel cucchiaio quella mattina, avrei dovuto usare lo stesso piccone che avevo usato per sradicare le radici dell'albero dimezzato. Ma dopo aver visto quelle pupille e quel seno appena accennato, come potevo levare il piccone in alto e frantumare quel manico? La mia reazione era stata, invece, di buttar il piccone lontano dalla fossa scavata. Gli sguardi che mi accusavano non sapevano niente di come si erano svolte le cose vicino alla fossa, con le radici dall'albero esposte e rese inerte e con le pupille che mi fissavano. Questo nessuno lo sa, non l'ho mai detto: giravo lo sguardo dall'altra parte, cercavo qualcos'altro da guardare, un ciuffo d'erba, la forma ondulante della valle, l'orizzonte lontano; ma fra le mani avevo il cucchaio e sapevo che prima o poi avrei dovuto rivolgere lo sguardo verso quel manico e quelle figure, e allora le pupille avrebbero affrontato di nuovo il mio sguardo. Ecco ancora i vostri mezzi sorrisi, i vostri soliti sorrisi ironici. Ma vi dico che è successo proprio così! Comunque per tutti il colpevole sono stato sempre io. Io ho introdotto quell'oggetto, e con esso ho scomposto le tracce del passato impresse su ogni cosa presente nel paesaggio e su ogni viso che si trova accanto a quelle cose. Ma come avrei potuto anticipare tutte quelle cose che poi sono successe? Certo, come ho già detto, avrei potuto distruggere il cucchiaio con una picconata. Quando ci penso, però, mi chiedo come avrei vissuto le mie giornate se l'avessi distrutto? Distruggendolo avrei tolto a quelle figure la possibilità di esistere, di far parte di questo nostro mondo. E poi mi chiedo un'altra cosa. Come mai quella mattina quelle cose si sono trovate proprio lì? Era come se mi stessero aspettando: le radici per essere scavate e rese inerte; il cucchiaio per essere trovato, lavato prima dall'acqua della borraccia e poi dall'acqua della fontana, e portato a casa avvolto nelle felci tagliate dalla terra accanto all'albero sradicato.

"Poi un giorno mi trovai non so come davanti alla porta dei tre vecchi barbieri. Erano mesi che non entravo in quella barberia; non avevo dimenticato, però, che appena ci mettevi piedi ti trovavi vicino alle tre sedie girevoli; a sinistra della porta, c'erano tre specchi sulla parete. Dalla parte opposta, a destra della porta, si vedeva una fila di sedie disposte l'una accanto all'altra, erano di solito occupate da quelli che aspettavano il turno. Prima di avvicinarmi a quelle sedie, mi fermai proprio a un passo oltre la soglia, con la porta ancora aperta, in caso dovevo scappar via. Chiesi ad uno che era seduto vicino alla porta di girare la sedia accanto a lui dall'altra parte, cioè verso la parete. Lui mi guardò come se non avesse capito ciò che chiedevo, poi guardò uno dei barbieri e solo allora prese la sedia e la girò. A quel punto tutti gli sguardi erano fissi su di me, con le solite domande sillabate dal batter delle ciglia: perché mi trovavo lì, perché dopo tanti mesi, avevo deciso di fare quello che stavo per fare? Mi avvicinai alla sedia e mi sedetti. Alle mie spalle c'era la superficie specchiante. Avevo davanti la parete compatta e opaca. Chiusi gli occhi! L'intonaco non era affatto opaco. Gli anni avevano tracciato linee che apparivano per un certo tratto e poi scomparivano, per poi riprendere il loro tragitto ad un punto più basso, dove invece di continuare verticalmente, qualcosa era successa, qualcosa aveva interrotto l'andata e aveva costretto la linea verso un movimento orizzontale. Io avevo chiuso gli occhi perché in quelle tracce ci avevo subito visto dei disegni astratti di storie, di racconti, di cammini intrapresi e poi, per chissà quale motivo, interrotti. Chiusi gli occhi di nuovo. Mi resi conto che mi trovavo davanti ad un altro tipo di specchio. Non era evidentemente quello inchiodato alla parete sopra il lavandino del bagno, e non si sarebbe trasformato in uno schermo con figure femminili e maschili. Ero davanti ad una parete con fessure, screpolature, strisce, tutti segni astratti creati dal tempo e dalla presenza di tutti quelli che erano entrati in quella barberia per tanti anni e si erano seduti su quelle sedie e alzandosi al momento del loro turno avevano spinto la spalliera della sedia contro la parete e avevano lasciato tracce sull'intonaco. Era evidente che quei segni mi avrebbero portato ad inventare delle storie, a realizzare delle congiunzioni, a vedere ciò che era appena accennato come l'inizio di storie sorprendenti. Ma allora tutti quei mesi che avevo fatto del tutto per evitare di trovarmi davanti ad uno specchio, erano stati inutili? Anche quella parete opaca racchiudeva anedotti, storie, bastava solo fissarne lo spunto iniziale e poi seguire le svolte e le risvolte fino alla fine. Avevo chiesto che la sedia venisse girata verso la parete per negare agli specchi la loro funzione essenziale, per non dare agli specchi sulla parete opposta l'opportunità di fare ciò che facevano ogni volta che qualcuno appariva davanti a loro. Ma la realtà aveva deciso di farmi capire che lo specchio si può trovare dappertutto; sono le cose stesse a presentarsi davanti a noi e a farci riflettere, a rianimare immagini, balbettii, anedotti.

"Avrei potuto ignorare tutti quegli indizi sparsi lungo l'intonaco; mi sarei potuto addormentare fino a quando la voce del barbiere avrebbe detto il mio nome. E chissà che sogni avrei fatto! Ma dopo tutte le nostre conversazioni avrete ormai capito che io non sono mai riuscito a chiudere gli occhi davanti alle cose che o per puro caso o per qualche ignoto disegno mi sono capitate per mano. Quindi cosa avrei dovuto fare?

"Sarei potuto alzarmi e scappar via. Avevo chiuso la porta, avrei dovuto riafferrare la maniglia. Lo spazio tra la sedia dov'ero seduto e la maniglia era breve, non più di tre passi. L'avevo attraversato spensieratamente, dopo che la sedia era stata girata verso la parete. Mentre contemplavo di rifarlo per raggiungere la porta, lo vedevo, invece, come una sconfinata distanza, non sarei mai riuscito a percorrerlo tutto per riafferrare la maniglia. Con ogni passo la distanza si sarebbe di sicuro allungata. Avrei dovuto spendere tutta la mia vita cercando di attraversare quel brevissimo tratto. Mi sarei trovato con gli specchi alla mia destra e la parete con l'intonaco screpolato alla mia sinistra. Avrei avuto davanti a me la porta che si allontanava con ogni passo che facevo. E come avrei potuto evitare per tutto quel tempo la superficie specchiante da una parte e la parete con gli indizi dall'altra? Prima o poi sarei dovuto girarmi o da una parte o dall'altra e così avrei dovuto affrontare o lo specchio e chissà quali immagini o l'intonaco e chissà quali indizi di anedotti. Altre volte vi ho detto che non sapevo da dove venivano certe idee per me bizzarre. Seduto in quella barberia mi chiesi ancora una volta la stessa domanda, e ancora una volta non riuscii a formulare una risposta. Come sempre potevo soltanto accettarle, non so cos'altro dire. Ancora oggi non riesco a trovare le parole che mi aiutino a capire cosa mi stava succedendo. Posso solo ricordarle e raccontarle a voi. Forse voi mi potete spiegare perché mi venne in mente che quello spazio così breve ad un certo punto, senza guardarlo, lo vidi come un tratto sconfinato, lungo nello spazio e lungo nel tempo che mi ci sarebbe voluto per attraversarlo."

L'intervallo

Si fermò e chiese un bicchiere d'acqua. Notai che mentre beveva spostava lo sguardo dal viso di Angelica al mio. Sembrava che volesse scorgere una nostra reazione.

Cosa avremmo potuto dirgli? Io perlomeno volevo solo ascoltarlo, volevo sentire ogni sua parola, ogni frase, volevo seguirlo, come avevo fatto fin dall'inizio, volevo immaginare di mettere i piedi sulle tracce che lui lasciava dietro di sé mentre cercava di capire le cose che gli apparivano davanti e capricciosamente volevano essere viste, alcune volevano addirittura essere toccate. Avremmo potuto dirgli che nemmeno lui poteva negare i fatti. Solo dopo l'apparenza di quel cucchiaio gli specchi avevano cominciato le loro inaspettate trasformazioni. Come tanti altri, anch'io avevo cercato di capire perché succedevano quelle cose. Mi ero chiesto se fosse mai possibile che l'introduzione di un oggetto nuovo, diciamo pure estraneo, in quella realtà fino allora pacifica, quasi addormetata, avesse potuto creare quello sconquasso, avesse potuto scomporre il solito modo di fare di tanta gente. E ogni volta arrivavo sempre alla stessa conclusione: le cose erano andate sempre così. Il mondo era quel che era proprio perché ad un certo punto qualcosa nuova, diversa era stata introdotta. Seguendo quell'idea immaginavo il mondo tutto pieno di buchi; ogni buco aspettava qualcosa che lo riempisse, che colmasse il vuoto, e quella nuova presenza aveva ogni volta interrotto il fluire del tempo e dello spazio, aveva creato degli intoppi.

In quelle case c'erano evidentemente vuoti da colmare, perciò durante le ore mattutine, le ore che iniziavano il giorno, gli specchi spalancavano porte invisibili su panorami e su azioni che nessuno sarebbe mai riuscito a spiegarne l'origine, nessuno avrebbe mai visto il punto dove l'intreccio si metteva in moto e faceva apparire quelle immagini entro la superficie specchiante inchiodata alla parete sopra il lavandino.

Comunque volevo sentire cos'altro era successo quella mattina in quella barberia. Volevo sapere cosa aveva fatto, come aveva risolto quel suo dilemma. Mi porse il bicchiere e riprese a parlare.

Uno come gli altri

"Decisi di non muovermi, di aspettare il mio turno, di affrontare l'intonaco con tutte le sue screpolature, di resistere all'invito di seguire quelle tracce e inventare. Forse era quello il miglior modo di ridiventare, perlomeno in apparenza, uno come tutti gli altri, un altro semplice uomo che ogni mattina avrebbe aperto la porta e fermo sulla soglia non avrebbe più sentito gli occhi di adulti e di bambini fissi su di lui. Speravo, però, di sentire il mio nome dal barbiere con la sedia vicino alla porta. Non sapevo come avrei reagito una volta seduto su quella sedia girevole, perciò volevo trovarmi vicino alla porta, volevo poter saltare giù e afferrare la maniglia in caso gli specchi si fossero trasformati in schermi.

"Per pochi secondi feci finta di non aver sentito il mio nome pronunciato ad alta voce dal barbiere lontano dall'uscita. Poi mi alzai. Prima di sedermi afferrai il bracciolo sinistro e cercai di volgere la sedia verso la parete. Ma non si mosse. Mi girai e vidi che il corpo massiccio del barbiere era appoggiato sull'altro bracciolo. Non dissi niente. Forse a quel punto cominciavo ad accettare l'inevitabile. Dopotutto, mi ero trovato davanti a quella porta senza poter dire quando avevo deciso di andarci. Invece del barbiere vicino alla porta, il mio nome l'aveva pronunciato quello lontano dall'uscita. Ero riuscito ad attraversare lo spazio fra dov'ero seduto e dove dovevo sedermi. Ero vicino alla sedia rivolta verso lo specchio e non riuscivo a smuovere il corpo ben pasciuto di quell'uomo. La sedia era lì, vuota; era arrivato il mio turno. Dovevo sedermi. Appena appoggiai il corpo sulla sedia, chiusi gli occhi. Cosa avrei visto? Avrei ricosciuto i tratti della mia fisionomia? Oppure avrei visto apparire la folla di tutte quelle immagini che mi ero imposto di evitare durante i mesi passati? Mi scosse il farfugliare delle dita del barbiere; quelle dita cercavano un varco tra i capelli arruffati per raggiungere la nuca e annodare il grembiule. Aprii gli occhi. Nella superficie specchiante c'era una massa di peli e capelli lunghi e scompigliati. Solo il naso i gli occhi si distinguevano in tutto quell'ammasso di fili. Quella era la mia fisionomia! Capivo finalmente gli sguardi sbarrati dei bambini e quelli beffardi degli adulti che mi avevano visto uscire di casa in quel modo.

Le lancette mattutine

"Volete sapere chi aspettava lo scatto delle lancette oltre il numero 12? Solo i soliti scettici; quei pochi che si vedevano sempre insieme o seduti sotto un albero o a braccetto sempre a parlare da un capo all'altro della minuscola piazza; e volete sapere di cosa parlavano? A volte si fer-

mavano e si sentivano urli e tutti aspettavano pugni e in-
sulti, invece le loro voci stridule non facevano altro che
elencare i guai del mondo. Comunque lo scatto delle lancette sul numero dodici gli diceva che finalmente potevano
entrare nel bagno a farsi la barba o a pettinarsi i capelli, si
sarebbero potuti guardare allo specchio e avrebbero visto
la propria fisionomia, nient'altro. Il resto, con qualche ec-
cezione, non vedeva l'ora di afferrare la maniglia ogni mattina e posare i piedi oltre la soglia del bagno.

"Fra le eccezioni, anche se solo per un breve periodo,
c'era lei, quella di cui vi racconto, quella che tante mattine
avvicinandosi dava delle occhiate di sfuggita alla maniglia
ma poi, arrivata davanti alla porta, non si convinceva ad
afferrarla. Mi disse che una mattina si svegliò tutta sudata.
Aveva sognato. Nel sogno si trovava alla vetta di una
montagna brulla, si guardava intorno e sentiva paura. Gridava. Si disperava. Aveva la bocca spalancata, gli occhi
sbarrati dallo sforzo di gridare la sua paura. Guardava giù
e vedeva una donna con gli occhi scavati; la donna cercava
di arrampicarsi su per la montagna, alzava il piede in
avanti, quando lo posava invece di avvicinarla alla vetta,
ogni passo la precipitava verso il fondo, verso il basso. E
lei da quella punta acuta, girandosi e guardandosi intorno,
non riusciva a scorgere il contatto della roccia brulla con la
terra morbida. Mi disse che dalla vetta si trovò seduta sul
letto accanto alle coperte ammucchiate; la vestaglia altre
notti così larga le premeva i seni e le ascelle. Mi disse che
quella mattina l'ultimo buio della notte non voleva proprio
andar via, sembrava volesse ancora avvolgere la stanza,
come se avesse ancora altre immagini da proiettare in tutto
quel buio.

"Mi parlò di tutte le mattine quando si era svegliata e
si era diretta subito verso la porta del bagno; con ogni passo aveva mormorato a se stessa che quella volta l'avrebbe
aperta e sarebbe entrata; ma all'improvviso aveva sempre
sentito un peso attaccato alla mano destra, un peso tanto
pesante da non poterlo sollevare per poter afferrare la ma-

niglia. E tutte le mattine aveva dato un'ultima occhiata alla porta ed era ritornata nella camera da letto. Lì ferma davanti al letto con le coperte sempre in disordine non sapeva cosa fare. Poi si trovava davanti alla finestra spalancata a guardare fuori, a osservare la collina e la strada che portava dritto verso la pianura. E non era mai riuscita a determinare quando aveva spalancato la finestra; non era mai riuscita a capire perché si era trovata lì a osservare quella collina e quella strada che erano state e continuavano ad essere sempre le stesse.

"Poi una mattina quando vide i primi fili di luce serpeggiare per le fessure delle finestre, infilò i piedi nelle pantofole accanto al letto e si fermò solo davanti alla porta del bagno. Non esitò. Afferrò la maniglia e la girò verso destra. Ma proprio prima di posare il piede sulla soglia, ebbe l'impressione di aver sentito una voce bisbigliare qualcosa. Doveva girarsi o posare l'altro piede oltre la soglia? Entrare finalmente nel bagno o chiudere la porta per sempre? Si girò e vide solo il largo corridoio; vicino alle due porte a sinistra, una accanto all'altra, non si vedeva nessuno. Attraversò la soglia e chiuse la porta.

"Non faceva più parte delle poche eccezioni. Come tanti altri, anche lei era entrata nel bagno prima che le lancette dell'orologio raggiungessero mezzogiorno. Anche lei sarebbe andata a letto ogni sera e si sarebbe svegliata per aspettare la prima luce del mattino. Si avvicinò al lavabo e toccò lo smalto freddo. Notò subito vari punti screpolati; era apparso il nero presente sotto la superficie bianca. Doveva alzare lo sguardo e affrontare lo specchio. Si trovava lì per quello. Le screpolature che ornavano il lavabo erano solo dettagli da ignorare, erano lì solo per darle l'ultima opportunità di rimandare l'inevitabile. Ma proprio mentre passava lo sguardo da una screpolatura all'altra e ne notava le diversità formali, le vennero in mente i titoli dei libri letti da sua madre ogni sera prima di addormentarsi, e poi anche quelli che lei stessa aveva scelto e aveva letto. Cosa avrebbe fatto se si fosse trovata al di là della superficie specchiante? Se quel famoso uovo, con Alice, seduto sul muro le avesse detto che era proprio lui a determinare il significato delle parole? Se si fosse trovata faccia a faccia con quel barbone buttafuoco e avesse sentito la voce di quel pezzo di legno che parlava correva e si lamentava? Se si fosse trovata accanto ad un leone che la guardava e aspettava un saluto? Chiuse gli occhi sperando di intravedere una minima risposta alle sue domande, ma non vide altro che punti variopinti e fluttuanti proiettati sulle sue palpebre. Pensò ai fuochi d'artificio che aveva visto scoppiare sotto sparse stelle una sera ormai lontana.

"Aperse gli occhi e vide entro la superficie circoscritta dello specchio una pianura con varie linee che sfuggivano verso l'infinito. Dalla punta convergente lontana all'orizzonte, spuntarono figure che a quella distanza sembravano uccelli con colli lunghi e curvi; avrebbero spiegato le ali e spiccando il volo, si sarebbero distaccati dalle linee parallele che riavvicinandosi all'orlo inferiore dello specchio tracciavano uno spazio a ventaglio? Ma ciò che lei prevedeva, il volo nel vuoto limpido dello specchio, restò solo una sua aspettativa. Aveva visto ciò che voleva vedere. Mi disse che a quel punto si chiese perché aveva voluto vedere uccelli in quelle figure e perché aveva anticipato il loro tipico movimento. Infatti senza mai togliere lo sguardo da quel punto convergente all'orizzonte, si dovette render conto che non c'era stato nessun movimento, nemmeno lungo lo spazio e le linee parallele. Lei voleva che quelle figure si muovessero, che volassero, perlomeno che si avvicinassero all'orlo inferiore dello specchio così avrebbe potuto vedere cosa fossero. Ma non successe niente. Ferma davanti allo specchio non poteva fare altro che guardare le figure che erano spuntate al punto convergente delle linee parallele ed erano ancora lì, anche se avevano dato l'impressione di un movimento. Comunque era successo qualcosa, ma lei non era riuscita a capire perché. Era stanca e voleva sdraiarsi da qualche parte e chiudere gli occhi. Si ricordò del sogno che aveva fatto, della vetta e della donna con gli occhi scavati. Le figure erano ancora lì al punto convergente. Chiuse gli occhi e quando li riaprì c'era solo la sua fisionomia nella superficie specchiante. Guardò, ancora una volta, le screpolature che ornavano il lavabo e uscì dal bagno.

"Domani vi do i fogli che ho raccolto. Vi ho già detto che si tratta di discorsi sfilacciati. Comunque sono le testimonianze di ciò che si è svolto davanti agli specchi le diverse mattine dall'alba a mezzogiorno."

I fogli consegnati

La mattina dopo era già seduto al solito posto quando entrai nel giardino. Mentre mi avvicinavo alla sedia gli sentii dire che Angelica stava preparando il caffè e che io dovevo ripartire. Io mi aspettavo qualche domanda sulle cose che aveva narrato durante i giorni scorsi, ma lui, evidentemente, stava già seguendo altre vie, voleva riprendere la ricerca che secondo il suo modo di pensare, prima o poi, avrebbe riportato quell'oggetto fra le sue mani. Dovevo ritornare a Manhattan, non si potevano ignorare quelle voci, quelle telefonate anonime. Mi fissò per vedere la mia reazione e capì che sarei partito prossimamente, gli avrei ubbidito come tante altre volte. Prima che Angelica arrivasse con il caffè mi porse la cartella con diversi fogli numerati e disse di leggerli attentamente.

I discorsi sfilacciati

- Le pietre e i puntelli -
1

Quasi tutti quelli che lui riusciva a trattenere, spalancavano gli occhi, balbettavano un pretesto e sguizzavano via, appena se lo vedevano davanti; altri appena sentivano le prime sillabe uscirgli di bocca torcevano il naso e gli voltavano le spalle. Lui stesso era ormai stanco di andare in giro, di buttarsi davanti a sconosciuti, di scervellarsi in formulare domande persuasive, e di sperare di trovarsi un giorno finalmente davanti a qualcuno con lo sguardo acceso e con frasi con la maiuscola all'inizio e il punto fermo alla fine. Una mattina prima di aprire la porta, si accorse che aveva pronunciato la parola "basta!", con il punto esclamativo. Dovette ammettere subito, però, che così non avrebbe mai appagato il suo desiderio di sapere come era nato quel paese. Infatti smettendo di formulare domande e di spiattellarle in faccia a passanti, avrebbe rinunciato ad afferrare la chiave che lo avrebbe immesso nel posto dove qualcuno conservava gelosamente il progetto o l'idea originaria di quei fabbricati e di quelle vie.

Una mattina di giugno con i raggi solari un po' fievoli, prima di posare il piede oltre la soglia di casa, si fermò e si mise a speculare; proprio così, si mise a fare delle speculazioni sull'origine di quella forma che con il passar del tempo dava l'impressione di essere un materiale liquefatto, non c'era modo di contenerlo. L'avrebbe scritta lui la storia di quel paese. A malincuore, però, si rese conto subito che non sarebbe stata una cosa facile, c'erano tante cose da considerare.

Intanto voleva stabilire le prime tracce. Con il piede sinistro sospeso oltre la soglia, si rese conto che sorrideva perché all'improvviso vedeva mura diroccate che lo riportavano a città medievali, a storie lontane. Allora prima doveva tracciare un recinto per stabilire la differenza fra dentro e fuori e per circondare le diverse strutture che poi negli anni avrebbero denominato "centro storico".

Come se si stesse svegliando per la prima volta, si trovò solo, con montagne brulle a sinistra e a destra. Non sapeva cosa fare, come reagire a quell'assenza di tutto ciò che aveva visto la sera prima. Girandosi da una parte all'altra, si fermò quando vide una donna e un uomo fermi proprio al punto interstiziale tra la pianura e la lieve impennata della valle. L'uno accanto all'altra la coppia toccava e spingeva i ramoscelli dei cespugli per farsi largo tra la vegetazione che copriva il terreno. Notò che l'uomo portava un abito bianco, con cravatta rossa, e scarpe da tennis

blu; portava anche gli occhiali da vista con una montatura stria-
ta di giallo, verde, e grigio, tutto intrecciato e lucido. La donna
indossava un vestito azzurro scollato ed aderente; aveva i capelli
neri, lunghi e lisci, sparsi sulle spalle nude.

Si erano avvicinati e si erano fermati dove il terreno era coperto da sterpaglie. Notò che la donna teneva un secchiello rosso
nella mano sinistra; l'uomo invece portava un secchiello giallo
nella mano destra; erano secchielli di plastica, simili a quelli visti
sulle spiagge riempiti di sabbia e poi svuotati da bambini di tutte
le età. Vide che la donna alzava il braccio destro e puntava
l'indice verso l'orizzonte della valle. Sollevando il secchiello,
l'uomo calava la mano sinistra nel vuoto e poi buttava dietro di
sé ciò che aveva preso dal secchiello. La donna si era mossa e anche lei metteva la mano nel suo secchiello, ne traeva qualcosa e la
buttava dietro di sé. Facevano due passi e di nuovo prendevano
qualcosa dai secchielli; la seconda volta, però, era stata la donna a
buttare l'oggetto. Lui fissò lo sguardo sulla mano della donna e
vide che dal secchiello la mano traeva ciottoli; ciò che buttavano a
terra, dietro di loro, erano pietre.

All'improvviso apparve un ragazzo scalzo; portava pantaloni
rossi, una giacca gialla, e una cravatta a righe blu e arancione. In
mano aveva un gomitolo di spago verde e puntelli di legno.
Prendeva un puntello, si chinava e lo conficcava nella terra morbida; poi prendeva lo spago e lo allacciava ad ogni puntello.

La donna e l'uomo continuarono a buttare pietre ogni due
passi; il ragazzo continuò a conficcare puntelli e ad allacciarci lo
spago. Si erano avvicinati; stendendo la mano, avrebbe potuto
toccarli. Ma loro non gli diedero retta. Era come se lui non ci
fosse. Eppure proprio lui aveva cominciato a speculare; infatti
era ancora lì con il piede sospeso tra la soglia e la via che passava
davanti a casa sua. Lui, speculando, aveva guardato giù verso la
pianura ed erano apparse quelle figure che poi, passandogli davanti, lo ignoravano, quasi come avevano fatto quei passanti che
erano sguizzati via.

La donna si era fermata; si girò e di nuovo alzò la mano destra e puntò l'indice verso l'orizzonte della valle. Anche lui si
girò e guardò in alto pensando che forse la donna stesse indican-

do una presenza lungo la linea orizzontale. Non c'era niente, eccetto la linea ondulante. Quando si rigirò l'uomo e il ragazzo erano scomparsi. La donna era sola, ferma con il secchiello in mano. Solo per un attimo ebbe l'impressione che lei lo avesse guardato. Poi anche lei scomparve.

Ma i puntelli e lo spago verde che li congiugeva erano lì. Il recinto del paese era tracciato. Le pietre entro il recinto luccicavano sotto i raggi del sole.

- Gli spilli -
2

Le cose si mettevano veramente male. Diventava sempre più difficile scorgere un varco che portasse al di là di quella situazione angosciosa. Esito a dirlo, ma era abbastanza ovvio che si trattava di una di quelle atmosfere assurde collaudate da romanzi e racconti kafkiani. Certo, nel dire questo non faccio altro che ripetere un luogo comune che ormai fa parte dell'immaginario mondiale. Comunque non esagero se dico che mi sentivo avvolto da una di quelle tipiche situazioni grige ed angosciose. Ogni mio movimento – ma la stessa cosa succedeva quando non mi muovevo – veniva determinato dalla paura che qualcuno potesse spuntare da dietro un angolo e potesse puntare gli occhi su di me. Questo non lo poteva negare nessuno. E come avrebbe osato! Ero io quello che si sentiva gli occhi addosso come due spilli che mi trafiggevano la pelle tenera della spalla. Perciò non c'era nessun dubbio, qualcuno mi inseguiva. Non potevo dire, però, se fosse una donna o un uomo. Ogni volta che sentivo l'acuto dolore alla spalla, resistevo il più possibile, poi mi giravo di scatto, sicuro di sorprendere quegli occhi che mi angosciavano, e ogni volta restavo deluso, non vedevo altro che il semplice spigolo dell'ennesimo palazzo. Ovviamente erano gli occhi di una donna o di un uomo. Potevano, però, essere anche gli occhi di un bambino. Questo lo consideravo più improbabile. In quegli anni l'età dei bambini era già scomparsa con tutte le altre cose che la gente ricordava con nostalgia. Infatti quando uno s'imbatteva in un bambino che parlasse e agisse da innocente, bisognava subito informare le autorità. Il giorno dopo si faceva festa, con parate e lunghi discorsi. Ma queste occasioni si facevano sempre più rare; passavano anni e anni. Perciò dissi a me stesso che quei due spilli potevano anche appartenere senz'altro ad una di quelle mutazioni evolutive alle quali la gente si era ormai abituata. Ma a chi appartenevano gli occhi non diminuiva affatto l'ansia che mi paralizzava giorno e notte.

Sì, come dicevo, anche durante la notte. Prima di mettermi a letto, aspettavo un momento di relativa tranquillità, chiudevo gli occhi e riuscivo ad addormentarmi. Ma chissà come o da dove, ad un certo punto qualcuno accendeva il macchinario proiezionistico. E se fino a quel momento ero riuscito a dormire alquanto tranquillamente, con le prime immagini che scorrevano sullo schermo arrivava l'angoscia sconvolgente del giorno. La cosa straziante era che quelle immagini sembravano proiettate da qualcuno che aveva ingoiato una di quelle miscele create sotto le lampade stregate di qualche laboratorio infilato nei meandri di caseggiati labirintici. E forse nemmeno lui sarebbe riuscito ad afferrare i fili per congiungere tutte quelle cose che scorrevano una dopo l'altra senza che si potesse notare una relazione fra di loro. Quello scorrere di immagini sconnesse si trasformava in generatore di ansia, perché anche nel sonno io cercavo di dare un senso a ciò che appariva senza un apparente motivazione.

Per disfarmi dell'ansia creata da quegli incubi all'improvviso sbarravo gli occhi; in quell'istante nel buio della camera apparivano occhi accesi che dondolavano come se fossero in uno di quei parchi con tante altalene. Afferravo l'interruttore e accendevo la luce. Ma nella luce che inondava la camera dondolava ancora un'immagine sfumata di occhi spalancati. Quando finalmente l'ultima sfumatura scompariva, nella camera illuminata mi chiedevo domande assurde. Come era entrato quell'uomo o quella donna o quel "bambino" nella mia camera? E dato che sulle altalene di occhi c'enerano tanti, forse chi mi inseguiva era un'intera famiglia. Chissà, forse la prossima volta avrebbero portato anche nonni, zii, e cugini. Così scherzando con pensieri assurdi su una situazione abbastanza angosciosa scioglievo un po' l'ansia che mi paralizzava.

Ma non duravano a lungo quei momenti di sollievo. La luce dell'alba toccava le finestre. Non potevo restare in quella camera per sempre. La vita continuava e richiedeva la mia partecipazione. In questo senso la mia situazione era diversa da quella del Samsa kafkiano, trasformato e isolato nella sua camera. Io avevo degli impegni precisi, degli orari che non potevo ignorare. C'erano degli studenti che mi aspettavano, che, forse mi illudevo, volevano sentire la mia voce. Perciò dovevo lasciare la camera e prepararmi a uscire di casa. Ma quando raggiungevo la porta e afferravo la maniglia, sentivo qualcosa che scorreva lungo le sinapsi di certi punti del sistema nervoso e non riuscivo a completare il movimento della maniglia che avrebbe retratto il gambo metallico. La porta restava chiusa. Io ero immobile davanti a quella porta dalla quale sarei potuto uscire per recarmi dove era stato stabilito che io andassi. Ero lì e i minuti passavano, ma io non mi accorgevo più del passar del tempo. Era scomparso per me il tempo degli orologi. Ero entrato nel tempo delle mie paure.

- Le tracce -
3

Quando entrò nel bagno quella mattina vide delle immagini sfumate e sentì onde di un'eco lontana. Si girò verso la porta del bagno per scappar via, ma invece si sentì sprofondare in quella cucina di tanto tempo fa. Proprio lì dove certe sere smetteva di leggere il libro aperto sulla solita sedia e volgeva lo sguardo verso il gruppo accoccolato attorno al tavolo in mezzo alla stanza; scrutava le spalle curve dei corpi compatti di genitori e di zii intenti a contenere o se non altro a sfilacciare i loro discorsi parlando solo in bisbigli. Aveva già capito che quel ripiegarsi su se stessi era il loro modo di nascondere qualcosa; era il loro modo di erigere ostacoli, di mantenerla al di fuori. Ed era proprio quel loro modo a farle girare la testa e porgere le orecchie per captare quei suoni striscianti; sperava di congiungere una vocale ad una consonante e continuare così fino a costruire suoni che avrebbero portato verso una minima parola, una forma sottile capace di insinuarsi in un istante di disattenzione in quel cerchio. Ma durante tutte quelle sere lei non era mai riuscita a trovare il modo di congiungere quei bisbigli. Erano rimasti suoni disparati che aleggiavano nel vuoto della stanza, lontani da possibili congiunzioni sintattiche. Poi aveva smesso. Aveva capito che ogni suo sforzo sarebbe stato inutile. Quella gente accoccolata attorno al tavolo era gente di altri tempi; gente che aveva visto cose che per lei non avevano nessun significato. Ma quella mattina vedendo le immagini che apparivano nello spazio dello specchio capì immediatamente che c'era un filo conduttore fra i discorsi che lei non aveva potuto afferrare quelle sere lontane e le immagini presenti al suo sguardo.

Nello spazio dello specchio c'era una ragazzina con una faccia appuntita e capelli corti e scomposti; camminava accanto a ciò che sembrava un cavallo, ma poteva anche essere un mulo. La ragazzina e l'uomo a cavallo parlavano. Ma era la ragazzina che parlava accanitamente e con ogni frase alzava la testa e fissava l'uomo, come se volesse che le sue parole togliessero l'atteggiamento condiscendente che si notava nello sguardo dell'uomo dall'alto in basso. Dietro la bestia c'era una donna che ascoltava le parole della ragazzina e sorrideva, evidentemente compiaciuta dalle parole che sentiva. Ogni volta che l'uomo apriva la bocca, le labbra della ragazzina cominciavano a muoversi e sembrava che niente potesse frenarle; l'uomo non riusciva a contrastarle, forse perché quando quelle parole uscivano dalla bocca di quella faccia appuntita erano tanto belle e così forti che l'uomo ne restava quasi ammutolito, riusciva solo a emettere dei suoni indistinti.

Ma lei quella mattina davanti allo specchio non riusciva a capire chi era quella ragazzina. La guardava e vedeva solo la faccia appuntita i capelli corti e scomposti e le labbra che volevano solo parlare. E non riusciva nemmeno a capire chi era la donna che continuava a sorridere ogni volta che le labbra della ragazzina si mettevano in movimento. Voleva uscire, smettere di cercare di capire cosa stava succedendo lungo quel viottolo che non dava nessuna indicazione di una possibile meta, con quella figura di una ragazzina che quando si distaccava un po' dal cavallo o mulo i raggi del sole rivelavano l'esile ossatura lievemente coperta da pelle; voleva trovarsi fuori, lontana da quella bocca che non smetteva di parlare, quella bocca che aveva evidentemente risucchiato tutta l'energia dal resto del corpo. La bocca e le parole che fluivano da quella ragazzina avevano addirittura ammutolito l'uomo che cavalcava e riusciva solo a guardare dall'alto in basso quell'esile figura parlante. Cosa fare? Come volgere la testa e il resto del corpo dall'altra parte, verso la porta del bagno? Forse non poteva muoversi prima che quelle tre figure raggiungessero la loro meta. Solo a quel punto la tensione fra le labbra parlanti e la presenza dell'uomo in alto sulla bestia si sarebbe risolta. Le tre figure si sarebbero separate prendendo vie diverse. Ma lei cosa avrebbe capito da quelle immagini? Era di nuovo in quella cucina di tanto tempo fa. Era lì con le orecchie tese verso il gruppo accoccolato in mezzo alla stanza. E di nuovo vedeva delle cose ma non riusciva a penetrare la loro compattezza; forse avrebbe esagerato usando la parola costretta, comunque doveva restare al di fuori, doveva solo guardare e cercare di capire, mettere insieme le posizioni e vedere se seguivano i tipici modi, i modi imparati a scuola ascoltando professori che parlavano di prossemica, del significato espresso da corpi situati l'uno vicino all'altro in uno spazio circoscritto. Sentì un dolore acuto alla nuca, chiuse gli occhi sperando di lenire quell'acuta puntura. Quando riaprì gli occhi vide il suo sguardo accigliato allo specchio. Uscì subito dal bagno.

- Gli scogli bianchi -
4

Non accese la luce quando entrò nel minuscolo stanzino. Durante la notte il vento non aveva soffiato via le nuvole grigiastre del giorno, e i raggi del sole mattutino facevano fatica a schiarire il buio dagli oggetti disposti in quello spazio ristretto. Chiuse la porta. Girandosi verso lo specchio gli parve di vedere un largo telone grigio ondeggiare dall'estrema destra verso sinistra, dove toccava una striscia biancastra, sembrava sabbia. All'orlo sinistro dello specchio vide un'insegna verticale: "Hotel Dover." Lungo la striscia, ma abbastanza distante dall'albergo, scorse un tratto di scogli; gli sembrò strano il loro insolito color bianco marmoreo. Rivolgendo lo sguardo alla struttura con la scritta verticale, vide finestre a destra e a sinistra dell'insegna. Notò che ad ogni finestra c'era una donna o un uomo, ognuno solo, con lo sguardo fisso verso il telone che lambiva l'esile spiaggia e ondeggiava, quasi non volesse riversarsi verso l'orizzonte, l'estrema destra dello specchio. Trattenne lo sguardo all'ultima finestra; c'era una coppia; l'uomo aveva il braccio destro poggiato sulle spalle di una giovane donna, fissava l'ondeggiare del telone grigio, e parlava. La giovane, invece, non parlava, ma anche lei fissava la striscia fra l'albergo e il telone grigio. A prima vista gli sembrò che la giovane stesse ascoltando le parole che uscivano dalle labbra dell'uomo. Ma forse si sbagliava. La donna aveva gli occhi socchiusi e li chiudeva proprio come fa una persona insofferente, una persona che si trova in quel posto ma vorrebbe essere altrove. L'uomo non smetteva di parlare. Lui diede un'occhiata di sfuggita alle altre finestre; non era cambiato niente, gli stessi sguardi, gli stessi volti, tutti fissi su quella striscia di sabbia che aspettava l'inesorabile avvicinarsi delle lievi lingue di acqua. Notò che nel frattempo l'uomo aveva tolto il braccio dalle spalle della donna; forse si era reso conto che la donna non lo ascoltava, che quella donna tanto vicina al suo corpo stava infatti vedendo altre forme, stava sentendo altri sussurri. E la giovane colta da quella sua insofferenza forse non si era nemmeno accorta che l'uomo non aveva più il braccio su di lei. All'improvviso l'uomo continuando a parlare si girava verso la giovane. Chissà se sperava di ricondurla ancora accanto a lui, di convincerla con le sue parole a restare lì a guardare le onde di quel mare nordico, quel mare grigio? In quelle posizioni i due formavano figure opposte: girandosi verso la donna, l'uomo aveva formato una linea verticale. Restando ferma, con lo sguardo fisso in avanti, la donna non aveva scomposto la linea orizzontale.

Fermo davanti allo specchio, pensò a quel suo amico che aveva imparato a leggere i movimenti delle labbra della gente. Lui non poteva fare altro che notare e congiungere i diversi movimenti fisici del corpo intero che si svolgevano nello spazio circoscritto dalla cornice metallica dello specchio. Sulle parole che l'uomo non smetteva di rivolgere alla giovane, poteva solo speculare; poteva leggere gli sguardi smarriti e supplichevoli dell'uomo come sintomi di una psiche assediata da un'ansia crescente. A quel punto notò che lungo le onde di quel mare grigio affioravano e subito si dileguavano delle forme strane per quella spiaggia e quell'albergo. Riuscì a distinguere, prima che le prossime onde ne sciogliessero qualsiasi sembianza, un enorme testa femminile con gigantesche zampe anteriori. Ma forse si sbagliava. Forse erano i movimenti delle onde ad indurlo a vedere quelle cose. L'enorme testa era già scomparsa, sciolta da un'altra ondata che scorreva verso la spiaggia. In quelle onde gli sembrò scorgere un grande palazzo e da una delle porte ne usciva un uomo barcollando con il volto insaguinato e con gli occhi cavati. L'uomo continuava a parlare, e la giovane era immobile, non s'era mossa. Aveva visto anche lei quelle forme affiorare e svanire con ogni ondata di quel mare che non sembrava più un telone grigio? Mentre si poneva quella domanda, notò le punte inarcate di un'altra ondata che curvandosi su se stesse scivolavano verso la striscia biancastra; affioravano altre forme; una vasta piazza attorniata da muri diroccati; vide i corpi di due giovani donne fluttuanti lungo le onde; una delle giovani puntava il dito verso un corpo inerte in mezzo alla piazza. L'uomo non smetteva di parlare e di alzare prima la mano destra poi quella sinistra; forse sperava con quei gesti di riprendere ciò che gli stava sfuggendo. Le onde non smettevano il loro ineluttabile movimento; con ogni ondata altre forme affioravano, ma diventava difficile distinguerle; sembravano guglie e cupole spezzate e capovolte dalle onde irrefrenabili, ma potevano anche essere solo punte di onde avvolte su se stesse.

Si rese conto che doveva andar via. Gli studenti lo aspettavano. Si girò verso la porta ed afferò la maniglia. Prima di uscire guardò di nuovo lo specchio. Non vide l'insegna; l'uomo e la gio-

vane erano scomparsi. La superficie specchiante rifletteva uno spicolo della porta. Nel resto dello specchio c'era il vuoto della parete opposta.

Cosa avrebbe detto agli studenti? Avrebbe continuato a parlare di Andrea Sperelli come ne aveva parlato durante le ultime lezioni? Cosa avrebbe fatto con quelle immagini apparse allo specchio quella mattina in quel minuscolo stanzino?

Appena uscì di casa disse a se stesso che per la prossima vacanza avrebbe scelto Dover Beach.

- La chitarra nello stadio -

5

Chiusi subito la porta del bagno; girandomi, entro la superficie dello specchio, vidi la forma ovale, sembrava un oggetto fatto per combattere guerre stellari. Era, invece, solo uno stadio, con gli spalti, la pista, e il campo con strisce bianche che tracciavano una forma rettangolare. Quante volte mi ero trovato fra quelle strisce e con una lieve mossa, proprio quando i chiodi della scarpetta di un difensore avevano deciso di lasciare le loro impronte su un mio stinco, ero riuscito ad evitare il contatto; ero andato verso la meta; a volte avevo addirittura tirato e avevo anticipato il volo del pallone contenuto solo dalla rete. Certi giorni all'improvviso sento ancora l'eco delle urla scatenate da gole ammucchiate sugli spalti, gole che implorano solo l'arrivo al traguardo, il gol.

Ma quella mattina sugli spalti vedevo corpi in piedi l'uno accanto all'altro, e lo stadio pieno. Non sentivo nessun urlo, e mi sembrava strano uno stadio così silenzioso, con tutti quei corpi allineati sugli spalti. Cosa facevano lì in uno stadio in silenzio, tutti rivolti in avanti, tutti fermi, tutti con le braccia rigide ai fianchi? Perché erano venuti? In quella situazione doveva succedere qualcosa! Da un momento all'altro avrei visto l'arrivo dei primi colori spuntare dai sottopassaggi, avrei distinto i diversi tatuaggi lungo le avanbraccia esibite nel solito saluto ai tifosi dalle squadre pronte a battersi per la vittoria. E allora tutti quei corpi che sembravano presi dal dormiveglia si sarebbero scagliati in avanti e avrebbero infranto quel silenzio tombale. Ma i sotto-passaggi restarono muti ed ombrosi, sembravano bocche di mostri spalancate e pronte ad addentare ed inghiottire chi avesse solo pensato di avvicinarsi.

Sugli spalti continuava a regnare il silenzio assoluto. Non sapevo cosa fare. Poi in tutto quel silenzio mi sembrò sentire una voce; era una voce che cercava di cantare, che faceva un grande sforzo a sprigionarsi dalla gola. La posizione dello stadio non mi lasciava vedere dov'era quella voce. Ma ebbi l'impressione che volesse raggiungere gli spalti, che volesse essere accolta da tutti quelli immobili l'uno accanto all'altro, in silenzio. Era solo un filo di voce. Mi venne in mente proprio quella parola, un "filo," quella cosa sottile che poteva attraversase distanze anche labirin-tiche e congiungere due cose anche lontane, un filo di voce che forse faceva quel grande sforzo per toccare tutti quelli allineati sugli spalti, tutti quelli che probabilmente aspettavano qualcosa.

Mentre mi sporgevo verso lo specchio e speravo di distingue-re le parole che quella voce cercava di esprimere, mi sembrò sen-tire le corde di una chitarra; e come la voce, anche in quelle fievo-li note sentivo un grande sforzo, come se le dita non riuscissero a premere abbastanza le corde per creare l'accordo con la voce, ma non si arrendevano.

Dov'erano quella voce e quella chitarra? Di chi erano? Come mai quella mattina cercavano di cantare e di suonare in quello stadio così strano? Non avevo nemmeno finito di formulare quell'ultima domanda quando mi accorsi che lo stadio si stava spostando. Forse da qualche parte c'era un regista che stava anti-cipando le mie domande e le mie richieste. Finalmente potevo vedere tutta l'erba tratteggiata, con le due porte ai lati opposti. A metà campo c'era un lungo tavolo. Da una parte sedevano dieci uomini tutti in divisa militare. Dall'altra parte c'era un solo uomo in piedi. L'uomo portava la chitarra a tracolla. Dalle dita che cercavano di premere le corde colava sangue. Il filo di voce cercava di cantare la parola "venceremos."

Chiusi gli occhi. Quando li riaprii entro la superficie rattan-golare dello specchio c'era solo la mia fisionomia.

Si era fatto tardi, avevo un appuntamento con alcuni compagni, non potevo essere in ritardo, chissà cosa avrebbero pensato. Mi girai e uscii dal bagno.

- La soglia della fine -
6

Quanta pioggia! Veniva giù martellante, contro tetti muri vetri, come se volesse penetrare con ogni goccia tutti gli ostacoli che le impedivano di raggiungere la terra. Si avvicinò allo specchio ma era difficile scorgere chi c'era in quella casa che lui vedeva straziata dalla pioggia. L'acqua scrosciava lungo i vetri delle finestre, e i movimenti delle figure che apparivano dall'altra parte si scioglievano in quel torrente che scorreva e che non aveva nessuna intenzione di smettere. Si rendeva conto che era inutile fissare lo sguardo su ciò che si muoveva nello spazio delle finestre; la figura che a prima vista sembrava un corpo compatto si scioglieva nei rivoli d'acqua, e ciò che lui aveva percepito come una forma di gamba si distaccava dal resto della figura e serpeggiava lungo la superficie del vetro, poi ad un certo punto si disgiungeva in due rami che galleggiavano via l'uno dall'altro. Senza spostare molto lo sguardo notò che qualcuno stava aprendo la porta. Avvolta in un poncho blu e un cappello nero apparve sull'uscio una figura maschile che chiuse subito la porta con la mano sinistra e si mise a correre verso la struttura non lontana dalla casa. Senza fermarsi riuscì a spalancare la porta della stalla dove c'erano quattro cavalli che scalpitavano e con la testa tesa guardavano l'uscita. Lui fissò subito lo sguardo sui cavalli ma non riuscì a determinare se il loro scalpitare fosse rivolto alla porta lasciata aperta o al fatto che qualcuno si fosse finalmente degnato di andare a mettere del fieno nelle mangiatoie. Nel frattempo la pioggia continuava e s'era levato anche un vento impetuoso. L'uomo che era entrato e che si dimenava a mettere il fieno nelle mangiatoie guardò la porta spalancata e si affrettò a chiuderla. Con lo sguardo fisso allo specchio lui aveva cercato di distinguere i colori dei cavalli ma l'acqua che calava giù come un velo opaco glielo aveva impedito. Sperava che l'uomo spalancasse di nuovo la porta. E proprio in quell'istante la porta si spalancò e un cavallo rosso uscì e galoppò via nella pioggia.

Senza alcuna transizione, sulla superficie specchiante apparve una catena di montagne brulle; la pioggia torrenziale era scomparsa. Dalle montagne si estendeva una vasta prateria deserta. Poi all'improvviso dall'estrema sinistra dello specchio lui sentì il ritmo del galoppo e vide riapparire il cavallo rosso, con in sella il cavaliere avvolto nel poncho blu. Fissò lo sguardo sul sollevarsi e distendersi delle gambe del cavallo e sugli zoccoli che, a quel ritmo, solo sfioravano l'erba gialla della prateria. Quel galoppare sfrenato voleva dire che cavallo e cavaliere avevano una meta ben precisa da raggiungere. E prima che quel suo pensiero arrivasse alla fine, all'estrema destra dello specchio apparve un gruppo di case; doveva essere la meta di quel galoppare. La struttura stessa dello specchio e delle cose che apparivano, una dopo l'altra, faceva pensare che qualcuno in quelle poche case disposte ai fianchi della via principale stesse aspettando l'arrivo di quel cavallo rosso e del suo cavalieve con il cappello nero. Ma chi si aggirava fra quelle strutture apparentemente mute e dimenticate all'orlo della prateria? E da dove erano spuntate quelle due fila di frabbricati in legno che andavano dalla fine della pianura all'ultima costruzione dal tetto triangolare e con in cima una croce azzurra? Durante una delle tante traversate dall'est all'ovest del continente, un gruppo di pionieri si sarà fermato proprio sotto le montagne brulle all'inizio della vasta prateria. Uno del gruppo avrà guardato verso l'orizzonte liscio ed infinito e avrà avuto paura di ciò che avrebbe trovato continuando verso quel punto. E velando la sua paura era riuscito a trovare le parole necessarie a convincere il resto del gruppo a fermarsi lì, ai piedi di quelle montagne senza vegetazione, montagne aspre e imponenti. Chissà se chi aveva convinto il gruppo a rinunciare al resto della traversata si trovava in una di quelle case ad aspettare il cavaliere che arrivava dall'orizzonte liscio ed infinito?

Il cavallo continuava a galoppare ed era vicino ormai alla soglia del paese, dove si vedeva una scritta su due lastre di legno. Chi l'aveva scritta sarà stato un aspirante artista, o uno che non avrebbe mai avuto l'opportunità di diventare un artista, di creare qualcosa e metterla fra le altre cose del mondo. Aveva espresso tutta la sua frustazione e bravura nella creazione di ogni lettera del nome del paese. Si distinguevano solo la C e la A. Le altre lettere minuscole erano coinvolte in uno sfavillare di colori creati da impasti di fiori selvatici raccolti lungo l'orlo di quella prateria: il rosso che dominava sul giallo e sul verde non era sempre un rosso; spostando lo sguardo più a destra era un blu cupo; spostandosi verso sinistra era un verde chiarissimo. Per leggere il nome del paese bisognava avvicinarsi alle lastre e seguire i ghirighori che esplodevano come fuochi d'artificio sulle due lastre di legno. E bisognava avere tempo a disposizione per scorgere ogni singola lettera e congiungerla alle lettere contingenti. Solo così si riusciva a pronunciare il nome del paese: Cruz Azul.

Il recinto e un pezzo di terra incolto separava la chiesa dalla costruzione a due piani. Alla finestra del primo piano c'era un uomo immobile che fissava la via principale. Non era alto, ma era magrissimo. Indossava una camicia bianca che sembrava essere appesa ad una gruccia, non si notava nessuna forma del corpo sotto il candido colore. All'improvviso l'uomo scomparve dalla finestra. Ma dopo pochi minuti lo stesso uomo passò davanti alla finestra e senza fermarsi volse lo sguardo verso la via e poi scomparve. Chi era quell'uomo? Era lui quello che aspettava il cavallo e il cavaliere? Davanti alle altre finestre non passava nessuno. E non si vedeva altra anima via. Vide l'ombra dell'uomo avvicinarsi un'altra volta alla finestra; questa volta, però, si fermò di nuovo e fissò la pianura che arrivava fino alle prime case. Quando finalmente si girò verso destra per allontanarsi dalla finestra un lampante riflesso di luce scattò dal manico della pistola infilata nella fondina legata alla gamba sinistra. Chi era, allora, quell'uomo che passava e ripassava davanti alla finestra con una pistola al fianco? Voleva entrare nella stanza e vedere le cose che vedeva quell'uomo. E riuscì subito a sentirsi con lui dietro al tavolo mentre prendeva una cartella dalla quale traeva dei fogli fitti di parole. Chi aveva scritto su quei fogli, chissà perché, aveva sentito il bisogno di non lasciare il minimo spazio vuoto. Aveva addirittura ignorato convenzioni essenziali alla comprensione della scrittura; infatti aveva completamente buttato via tutti i segni di punteggiatura. Le parole lasciate libere si accavallavano l'una sull'altra. Seduto al tavolo l'uomo fissava i fogli e sembrava che stesse cercando il punto dal quale proseguire lungo quell'ammasso di grafemi. Poi all'improvviso alzava la testa e si girava verso la porta come se avesse sentito un passo sfiorare la rena. Ma era solo il vento costretto ad urtare porte e finestre e ad assottigliarsi come un serpente per continuare il suo viaggio lungo gli spazi ristretti fra le case del paese.

Batteva più lento il ritmo degli zoccoli che sfioravano ancora l'erba ingiallita. E non si vedevano più ostacoli fra il cavaliere e le case del paese. L'incontro diventava ormai fatale. Si vedeva il cavaliere tirare la briglia. Ma lui guardando sia il cavallo che si avvicinava più lento sia le case che oscillavano sotto il sole non riusciva a prevedere la prossima mossa dei personaggi. Aveva già visto il luccichio della pistola dell'uomo alla finestra; ma gli era ancora difficile scorgere se sotto il poncho il cavaliere portasse un'arma. Non aveva bisogno di guardare un orologio per capire che si faceva tardi, che le ore della mattinata giungevano alla fine. Ma non riusciva a distaccarsi dallo specchio. E non sapeva cosa sarebbe successo al momento del tocco di mezzogiorno. Non era mai restato lì per tanto tempo. Tutte le altre volte le cose si erano svolte in pochi minuti, raramente aveva trascorso un quarto d'ora davanti a quello specchio. Ma quella mattina già dalle prime immagini della pioggia martellante aveva sospettato uno svolgimento diverso dagli altri mattini. Poi quel cavallo rosso con il cavaliere incappucciato nel poncho blu aveva quasi confermato il suo presentimento. Inoltre si ricordava dei carabinieri che erano arrivati con tutte le loro domande, i loro sguardi sospettosi; e si ricordava anche dei sogni che aveva fatto durante la notte. Ma quei ricordi di sogni di colline con erba verde ondulante sotto il sole primaverile non indicavano nessuna relazione con quella pianura dall'erba ingiallita. E poi nei sogni non c'era nessun cavallo rosso. Ma c'erano quelle facce dei carabinieri e i vicoli stretti del paese. C'era l'atmosfera ansiosa creata dal cavallo e il cavaliere ormai alla soglia del paese; c'era, forse, l'ombra di quell'uomo con la pistola infilata nel fodero legato alla gamba sinistra, quell'uomo che appariva e scompariva dalla finestra e poi smetteva di leggere quei fogli fitti di parole e si voltava verso la porta.

Il cavallo era fermo all'imbocco della via principale; alla fine della via si vedeva la costruzione con il tetto triangolare e in cima la croce azzurra. Cavallo e cavaliere erano immobili. Guardando quell'immagine pensò ad un quadro dipinto da un artista che aveva deciso di seguire l'ondata di pionieri verso il West. Poi improvvisamente il cavaliere smontò dal cavallo e subito si tolse il poncho. Si aspettava di vedere la pistola legata alla gamba destra, invece anche il cavaliere aveva la pistola nella fondina legata alla gamba sinistra. Spostò lo sguardo e vide che l'uomo fermo davanti alla finestra, senza togliere lo sguardo dalla via, si metteva una giacca grigia. Poi con la mano sinistra afferrava la tendina e la spostava da sinistra a destra, coprendo così lo spazio della finestra. Il cavaliere aveva lasciato il cavallo in mezzo alla via e si muoveva lentamente verso la casa a due piani. La porta si aprì e apparve l'uomo con la giacca grigia. Guardò a destra verso la croce azzurra prima di scendere gli scalini. Dall'altra parte il cavaliere avanzava a passi misurati. Con la croce in alto, dietro di lui, l'uomo, anche lui in mezzo alla via, andava lentamente verso il cavaliere. Non si vedeva nessun'altro in quelle altre case. Non era evidentemente necessario avere altre presenze. Solo il cavaliere che era arrivato con il cavallo rosso e l'uomo che aveva cercato di leggere quei fogli fitti di parole dovevano risolvere il problema. Ma lui non poteva fare a meno di chiedersi qual era il problema che quei due personaggi erano ormai pronti a risolvere. Quali erano i fili che congiungevano la pioggia martellante ai fogli fitti di parole alla prateria arsa al cavallo rosso agli altri cavalli che non erano usciti dalla stalla alle montagne brulle al cavaliere che aveva cavalcato la prateria all'uomo che aveva guardato l'orizzonte liscio ed infinito alla croce azzurra ai due che in mezzo alla via principale del paese avrebbero inevitabilmente puntato le pistole e avrebbero dovuto premere il grilletto?

Voleva sapere che ora era. Ma era inutile guardarsi il polso; aveva lasciato l'orologio sul comodino, come faceva ogni mattina, quando si alzava e trascinando i piedi raggiungeva la cucina, dove si preparava il primo caffè del giorno. Ricordava, però, che quella mattina non aveva preso la caffettiera e non aveva aperto il rubinetto. Qualcosa lo aveva scosso dal profondo sonno e lo aveva fatto balzare dal letto. Ma cosa aveva generato tanta energia? Non sarà stato uno di quei sogni che ti trastullano con tante giustapposizioni. Quell'energia sarà stata raccolta e trasmessa da uno di quegli incubi con radici attorcigliate in notti e pre-albe perenni. Notti che lacrimano ancora tutti i dolori del mondo, dolori che nessun'alba potrà mai assorbire.

Invece di guardarsi il polso, si guardò intorno e vide la luce e le ombre sparse a zig zag sul pavimento. Pensò ad altri giorni e capì che mezzogiorno era vicino. Quando rivolse lo sguardo di nuovo allo specchio, notò che il cavaliere e l'uomo che era uscito dalla casa a due piani s'erano fermati ad una certa distanza l'uno dall'altro, e quasi non fiatavano. Solo l'indice della mano destra del cavaliere faceva degli scatti e ogni volta appena appena toccava la stoffa dei pantaloni. All'improssivo si sciolse un'eco assordante fra le montagne brulle.

Sulla via principale si sollevò un ventaglio di polvere.

Uscì dal bagno, andò in camera da letto, e afferò l'orologio dal comodino.

- Non una notte d'inverno -
7

Quella strada che spaccava il paese in due restava deserta fino alle undici ogni mattina. A volte dalle vie sbucavano all'improvviso dei ragazzini; si inseguivano e si insultavano con voci stridule e parolacce appena imparate; poi scomparivano e lasciavano il silenzio che avevano interrotto. Durante quelle stesse ore, in uno dei bar si vedeva un uomo appoggiato al banco; guardava fuori e sembrava volesse implorare l'arrivo di qualche avventore. Se per caso un viaggiatore, non necessariamente in una notte d'inverno, avesse imboccato la strada che conduceva nel mezzo del paese, si sarebbe meravigliato dal silenzio che lo avrebbe spinto dalle prime case fino al punto che avevano denominato centro storico. Volgendo lo sguardo a sinistra o a destra, quel viaggiatore avrebbe visto anziani in camicie a righe in maniche corte e anziane in lunghi vestiti rossi seduti attorno a tavoli che seguivano il percorso flessuoso delle vie. Se avesse seguito una di quelle diramazioni, avrebbe notato che ognuno di quegli anziani fissava un punto specifico dall'altra parte del tavolo. Avvicinandosi avrebbe avuto l'impressione che quelle figure stessero svolgendo un dialogo; ma lui non avrebbe sentito voci, nemmeno un bisbiglio. Gli anziani lo avrebbero guardato, ma subito avrebbero rivolto lo sguardo al solito punto, come se avessero subito capito che lui non era quello che aspettavano. Quindi il silenzio non l'avrebbe abbandonato, sarebbe stato ancora lì come il cane che non smette di annusare le scarpe del padrone. Quando sbadatamente si era incamminato per quella strada poco transitata ai piedi della montagna non aveva affatto pensato di trovarsi in tutto quel silenzio. Avrebbe potuto pensare che in quel paese gli adulti lavoravano la notte e dormivano il giorno. E avrebbe ricordato che durante i suoi tanti viaggi a volte era passato di notte accanto a fabbriche che pulsavano come insetti verdastri nel buio. Ma si sarebbe reso conto che stava facendo discorsi irreali. Percorrendo la strada non aveva visto fabbriche. Aveva visto solo campi e orti coltivati. Così avrebbe sussurrato a se stesso che i conti non tornavano. C'erano dei vuoti, mancavano le congiunture.

A quel punto il viaggiatore avrebbe potuto decidere di lasciare le vie strette e silenziose e di ritornare alle prime case del paese. Avrebbe potuto far finta di cominciare tutto come se arrivasse per la prima volta. Così arrivato davanti al bar, si sarebbe fermato. La porta del bar sarebbe aperta, appoggiato al banco ci sarebbe l'uomo che continuava ad implorare. Dall'altra parte della porta ci sarebbe una finestra, anch'essa aperta. Il viaggiatore guardando attraverso la porta l'interno del bar oltre la finestra e nell'interno della camera avrebbe visto una donna che si guardava allo specchio e si passava il rossetto sulle labbra. Quella donna si starebbe preparando per uscire dalla camera, forse l'avrebbe vista discendere le scale. Ma da dove si trovava il viaggiatore non avrebbe potuto dire per certo se quella donna avrebbe disceso o asceso le scale. Comunque la sua figura, le labbra rosse sarebbero spuntate dal vuoto di una delle porte che quella costruzione architettonica avrebbe dovuto avere. E lui l'avrebbe vista. Avrebbe seguito i suoi passi che lentamente l'avrebbero separata dalla porta e dalla casa; avrebbe calcolato a che punto si sarebbe dovuto spostare per intercettarla, per guardarla negli occhi, per vedere chi era. Ma qual era la relazione del bar con la camera dove la donna si sarebbe mossa e avrebbe fatto svolazzare i suoi capelli lunghi e ondulanti?

Sarebbe dovuto entrare nel bar e parlare con quell'uomo immobile al banco. Lui gli avrebbe potuto dare delle informazioni su ciò che aveva visto oltre quella finestra. Allora avrebbe deciso di metter piede oltre la soglia del bar:

"Buon giorno! Si accomodi! Benvenuto!"
"Un espresso, per favore!"
"Nient'altro?"
"Un espresso!"
"Bene! Lo facciamo forte e gustoso!"
"Lei è stato sempre qui?"
"Sono qui da anni."
"Il paese lo conosce?"
"Una volta. Le cose son cambiate."
"Gli anziani portano tutti camicie a righe."
"Beh, non tutti."
"Le donne portano tutte vestiti rossi."
"E' una vecchia storia. E lunga."
"Mi dica l'essenziale."
"Anni fa sono arrivati dieci pacchi da un nostro concittadino "nelle Americhe: in cinque c'era stoffa a righe, in cinque "stoffa rossa."
"Ho capito."
"Come?"
"Qualcuno ha cucito camicie a righe, altri vestiti rossi."
"Pensa di aver capito? Ecco l'espresso, prego!"
"Ha detto bene, è gustoso!"
"Si è fermato troppo a lungo davanti al bar."

"Cercavo una risposta."
"Ha visto cose che non avrebbe dovuto vedere!"
"Ho guardato attraverso la porta il bar la finestra."
"Ha visto il rossetto che toccava le labbra."
"Ho guardato e le cose si sono svelate."
"Ogni anno tolgono le tendine dalla finestra."
"Avrei visto anche con i vetri opachi."
"Si è fermato troppo a lungo."
"Raccolgo indizi."
"Non sarà facile."
"E' questo il punto di congiunzione?"
"Qui gli uomini vengono a ridere."
"Le donne piangono?"
"Gli uomini piangono il pomeriggio."
"E quella con i capelli lunghi?"
"Viene a ridere."
"Gli anziani nelle vie mi hanno guardato."
"Hanno rivolto lo sguardo al solito punto."
"Mi devo trovare fuori al momento e al punto giusto."
"Deve vedere le scale."
"Devo guardarla negli occhi!"
"Non è la prima volta. Son vecchie cose."
"La donna che discende le scale."
"Cose vecchie! Ascendere/discendere."
"Ma Lei è il proprietario?"
"Io giro da queste parti."
"Dove devo mettermi?"
"Gli anziani guardano sempre dritto."
"Si è già fermato qualcuno?"
" Era una notte d'inverno. Pioveva. Era un taciturno."
"E lei è passata?"
"Ha fatto le scale..."
"Lui ha toccato le labbra?"
"Adesso dorme, per sempre."
"Allora passa?"
"Son cambiate le cose."
"Dove mi metto?"

"Una volta i punti si notavano. Bastava fermarsi. Prima o poi ci sarebbe stato l'incontro. Le cose son cambiate. Fra due punti ci sono svolte, ci sono specchi. Gli occhi si illudono di essere in linea con un punto e anticipano il momento di congiunzione, ma resta sempre tanto spazio da attraversare."
"Ma Lei è il proprietario?"
"Io sono quel che sono. Un altro espresso?
"No, grazie!"

Il viaggiatore potrebbe ancora una volta rifare tutto; recarsi al bivio e riprendere la strada ai piedi della montagna. Forse la terza volta si sarebbe imbattuto in qualcuno che lo avrebbe ascoltato e avrebbe risposto alle sue domande con parole nette, precise, senza ambiguità. Oppure potrebbe non muoversi dal bar, appoggiarsi al banco e fissare il monotono scattare delle lancette dell'orologio appeso alla parete a sinistra del jukebox. E poi? L'uomo al banco aveva parlato di punti, di svolte, di specchi e di spazi sempre da colmare. Chi sarebbe riuscito ad attraversare quello spazio che gli si sarebbe aperto davanti con tante imprevedibilità? Il viaggiatore appoggiato al banco avrebbe mosso lo sguardo in cerca della finestra che aveva visto, ma si sarebbe subito accorto che, infatti, stava notando lo spazio immenso dal banco all'uscita del bar. Come avrebbe fatto a raggiungere la porta? Lui aveva fatto o no la strada dal bivio al centro storico? Aveva colmato quello spazio! Quell'uomo aveva ripetuto che le cose erano cambiate. Dove? Come?

"Eppure proprio da questo punto son riuscito a vederla quando prendeva il rossetto con l'indice e il pollice e l'avvicinava alle labbra e se lo passava lentamente prima sul labbro superiore poi sul labbro inferiore e son riuscito a vederla mentre si guardava allo specchio e si alzava di scatto per chissà quale motivo e scompariva per pochi secondi e poi riappariva nel vuoto della finestra rettangolare e si muoveva entro quello spazio con ogni passo così sicuro così determinato da qualcosa dentro di lei che la spingeva a compiere ogni atto anche il minimo movimento con risolutezza e allo stesso tempo con un modo spensierato giovane

e incurante di tutto ciò che poteva succedere al di fuori di quella
stanza oltre il vuoto della finestra attraverso l'interno del bar
fino alla strada dove mi trovavo io che la guardavo e già immaginavo di vederla scomparire di nuovo per aprire la porta e scendere le scale per trovarsi fuori e prendere la via che l'avrebbe portata sulla strada dove l'aspettavo io che avevo tanta voglia di guardarla negli occhi di vederla avvicinarsi lentamente verso di me
che non mi ero mosso da quel punto davanti al bar dove mi ero
girato e il mio sguardo aveva attraversato tutto quello spazio ed
aveva raggiunto lei che prendeva il rossetto fra le due dita e lentamente come se si stesse movendo sotto la lente di un rallentatore se lo passava sulle labbra e io cercavo di immaginare i suoi
pensieri le sue parole silenziose mentre si guardava allo specchio
e vedeva le sue labbra arrossire sotto la pressione morbida del
rossetto e vedeva i suoi capelli sciolti sulle spalle ma io non riuscivo non riuscivo ad immettermi nel flusso dei suoi pensieri non
riuscivo a leggere i suoi movimenti ed il suo silenzio assorto davanti allo specchio e mi sentivo lontano eppure ero lì che
l'aspettavo che la volevo vedere allontanarsi dallo specchio e
muoversi verso la porta che da dov'ero non vedevo ma sapevo che
ogni stanza deve avere una porta deve avere uno spazio vuoto
uno spazio che connette e che lascia transitare da una parte
all'altra lascia entrare ed uscire perciò aspettavo che lei si alzasse
e uscisse da quella stanza scendesse le scale e si trovasse fuori
sotto la luce cocente del sole ed era lì che avrebbe dovuto decidere
se girare a destra o a sinistra se raggiungere l'altro capo della
strada dove io l'aspettavo dove avrei seguito ogni passo ogni
scossa dei suoi capelli e mi sarei preparato per affrontarla avrei
allungato le braccia per sbarrarle la strada per costringerla a
fermarsi per guardarla negli occhi per vedere se fosse valsa la
pena aver preso la strada ai piedi della montagna esser passato
accanto agli anziani averla vista davanti allo specchio ma se invece si fosse girata a destra l'avrei persa per sempre non l'avrei
vista nemmeno scomparire avrei potuto solo immaginare i passi
decisi che la portavano lungo porte e finestre schiuse e sguardi
nascosti che l'aspettavano solo per notare le diverse fattezze del
suo corpo e osservandola spezzettarla e così renderla irriconosci-

bile portandosi ogni pezzo dietro le porte accanto alle finestre nei meandri di tutte quelle costruzioni lungo la via che lei aveva scelto lontano dal mio sguardo lontano da me che l'avrebbe guardata negli occhi..."

- Il mare insofferente -
8

Si era svegliato un paio di volte durante la notte. Ma aveva dormito abbastanza bene. Non si sentiva affatto stanco. Si preparò il caffè e poi aprì la porta del bagno. Quando accese la luce notò subito il blu che aveva già invaso la superficie dello specchio. Non c'era nessun movimento. Solo il colore blu che sembrava estendersi oltre la linea orizzontale che si notava lontana verso la parte superiore della superficie specchiante. Non aveva mai visto tanto blu quasi immobile; bisognava fissare una parte per notare il lieve movimento, come se quel blu fosse un velo che occasionalmente qualcuno decideva di appena appena toccare e quindi causare un movimento quasi invisibile. Restò fermo senza chiedersi perché quella mattina era apparso quel mare sconfinato e immobile. Forse il colore o l'assenza di movimento l'avevano ipnotizzato. Ma proprio in quel momento notò una barca a vela a sinistra, in alto. Non c'era vento. Ma notò che la barca si muoveva, però lentamente. Si avvicinava verso il centro dello specchio. A quel punto notò un corpo che si muoveva lentamente da un lato all'altro della barca. Era una ragazzina che dopo ogni passo si guardava intorno, come se cercasse qualcosa o qualcuno. Anche lui si mise a guardare. A prima vista non notò niente. Non c'era nessun movimento, eccetto la ragazzina che continuava a muoversi. Poi lui notò qualcosa che non apparteneva alle cose della barca, notò ciò che sembravano capelli, specificamente la parte posteriore della testa di qualcuno. Ma la ragazzina non l'aveva notato. Lui pensò subito che forse chi si era accovacciato lì non voleva essere visto. Si stava nascondendo. E allora la ragazzina lo stava cercando. Forse quella mattina lui stava assistendo a un gioco fra una sorella e un fratello, il famoso gioco del nascondino. Però lui cominciò ad essere curioso. Come mai su quella barca, in mezzo a tutto quel blu quasi immobile, c'erano solo due ragazzini? Da dove erano venuti? Perché lui vedeva proprio quelle cose quella mattina? Lui non aveva mai visto un mare così calmo. E nonostante tutta quella calma, la barca a vela s'era mossa, infatti si muoveva. A quel punto la barca si spostò, invece di continuare il movimento orizzontale, si spostò e apparve in modo verticale. Con quel movimento lui potè vedere la parte interiore della barca. Notò due corpi seduti intorno ad un tavolo. Erano due donne. Una aveva il corpo appoggiato sul tavolo. L'altra aveva il capo rivolto all'indietro sulla sedia, aveva la bocca e gli occhi spalancati. La barca fece un altro movimento e così lui riuscì a vedere che la parte inferiore del corpo delle due donne era tutta bagnata. Quando riuscì a notare le cose più attentamente capì che i due corpi erano bagnati di sangue. Non sapeva cosa fare. Voleva scappar via, uscire dal bagno e trovarsi fuori, ma non riusciva a muoversi. La ragazzina che era ancora sul ponte della barca e non smetteva di guardare ogni cosa? Lui notò il movimento improvviso dei capelli nascosti. A chi appartenevano? Chiuse gli occhi.

Durante la notte lui si era svegliato solo un paio di volte, e ripensandoci si convinse che aveva dormito abbastanza tranquillamente.

- La volta verde -

9

Solo foglie rami tronchi, più giù cespugli intrecciati in una catena verde. Da dove è spuntato stamattina tutto questo verde? Mi avvicino allo specchio sperando di scorgere un varco, un'apertura anche minima che mi porti oltre questi rami. Ma ogni mio movimento è inutile. L'intreccio resta compatto. Mi sento improvvisamente aggredito da tutto questo fogliame, tutto questo verde cupo, lontano dal minimo calore dei raggi solari. Eppure so di trovarmi a casa con le cose tra cui sono cresciuto e che mi hanno sempre accolto, dopo qualsiasi mia avventura o disavventura. Allo stesso tempo però non riesco a disfarmi dalla sensazione di essere in questa foresta così oscura, apparsa chissà da dove. Che bello ieri correre dietro quei conigli azzurri che poi all'improvviso si sono trasformati in coccodrilli rossi! Inseguendoli per vaste pianure e lungo intrecci labirintici di città medievali e vedendomi in punti geografici così cotrastanti ho sentito un'ebrezza insolita. E per la durata dell'inseguimento non ho mai avvertito la sensazione di essere in pericolo, di temere che quei conigli-coccodrilli si volgessero verso di me e mi aggredissero. Stamattina invece mi sento assediato da questo verde oscuro. Ed è già scattata in me la paura atavica che mi spinge a cercare un varco, un modo di uscire, di liberarmi da questa situazione insidiosa. Ma girando lo sguardo da destra a sinistra non vedo altro che la catena verde che mi assedia; guardo in alto e vedo rami e foglie che compongono una cupola senza apertura. Cosa c'è al di là di quella volta verde? Fisso ancora lo sguardo e spero di scorgere una foglia assente, una fessura che lasci filtrare un filo di luce, sperando che ci sia tuttavia la luce al di là di quel verde. Ma la cupola resta compatta come i cespugli che ormai mi toccano le gambe. E le mie scorribande di ieri sono solo nostalgia. Stamattina posso solo sperare. Spero che una folata di vento scompigli quelle foglie e mi apra la vista verso un cielo azzurro, che mi lasci percepire almeno una luce fievole al di là di questa selva oscura. Ma non si muove niente, il vento è assente. Forse i tronchi i rami le foglie sono un quadro dipinto da un artista ultra-realistico. Allora nessun vento scompiglierà mai quella cupola, e non riuscirò mai a percepire la presenza del cielo oltre quella volta illusoria. Nel mezzo del pensiero che mi assilla, spero che venga il vento. E mentre aspetto chiudo gli occhi e trasformo tutto questo verde in mastodontici conigli azzurri, e poi, perché no, in coccodrilli rossi con ali turchine. E per un poco il cor non si spaura, illudendosi di trovarsi dietro gli inseguimenti bizzarri dell'altro giorno. Ma la tregua non dura. Le cose di ieri restano assenti; mi è impedito di ritrovarmi nel tempo passato. Mentre fisso ancora lo specchio nasce in me una domanda ineludibile: da quale incubo è nata oggi questa selva oscura che mi fa sentire assediato? Dove cercare una risposta a questa domanda? A chi chiedere aiuto? Per le strade e nelle piazze sembrano tutti guardare altrove. Quando rispondono al tuo saluto si sente come un'eco, un suono che viene da lontano e rimbomba fra i muri delle case. Se una risposta c'è, dovrò scavarla dentro di me. Perciò non posso smettere di sperare che venga il vento. Rivolgo ancora lo sguardo in alto. Si sono mosse! Sarà solo una momentanea illusione nata dal mio desolato sperare! No, le foglie si sono attualmente mosse! Chi mi dirà mai se il mio disperato sperare ha richiamato il vento dagli spazi cavernosi del pianeta? O sarà stato solo il continuo girare del pianeta a far levare il vento? Ma eccolo che adesso serpeggia verso l'alto e ormai intacca la composizione della cupola verde. Finalmente uno squarcio di cielo, lontano e grigio! E un raggio di luce fievole raggiunge i cespugli e rivela dei vuoti nella catena che nell'oscuro era apparsa così compatta. Il vento ha portato anche la luce. Posso muovermi verso quei vuoti e passare al di là di quei cespugli intrecciati, al di là di quella natura asfissiante. E proprio in quell'istante i cespugli sono dietro di me e vedo non molto lontano un monte dalle spalle illuminate dal primo sole del giorno.

Non arriverà nessuno. Nessuna voce roca mi dirà quale via seguire. Afferro la maniglia e apro la porta.

- La soglia scomparsa -
10

Una donna con capelli così biondi non l'aveva mai vista. Passando mattina e sera davanti a tutte quelle porte del paese non aveva mai visto apparire sulla soglia una donna avvolta in tutto quel bagliore. E così non era mai nato in lui il desiderio di trovarsi vicino a simili raggi abbaglianti. Ma tutta quella luce mai immaginata, mai desiderata, era lì davanti a lui, nello specchio, quella mattina. E nasceva in lui il desiderio di avvicinarsi e sentire quel calore che inondava la superficie specchiante. Alzò la mano; prima che il polpastrello del dito medio sfiorasse la superficie lucida, la donna si girava e si avvicinava all'albero, *dai rami carichi di primule vermiglie, apparso improvvisamente accanto a lei.*

Si sciolsero lievemente i capelli sparsi sulle spalle e fecero baluginare i raggi verso gli orli dello specchio. Non avrebbe mai sentito uno di quei raggi sfiorare le sue dita. Sarebbe restato lì a guardare e ad immaginare. Non avrebbe mai raggiunto l'orlo di quella luce, e non avrebbe mai sentito la scossa, che immaginava l'avrebbe preso il momento che si lasciasse andare in tutto quel bagliore, che si lasciasse confondere in esso e dimenticasse tutti gli altri capelli che aveva visto e che a volte aveva toccato.

Gli sembrò sentire il balbettio fra acqua scorrevole e ciottoli sparsi lungo il greto di un ruscello. Non voleva togliere lo sguardo dai capelli sparsi, ma il balbettio irrefrenabile lo attirava, come se volesse essere guardato. Allora spostò lo sguardo lentamente verso destra e nell'acqua che scorreva vide l'immagine fluttuante di lei, lei si specchiava e sorrideva in quell'acqua balbettante. Ma quando lui fissò lo sguardo sull'acqua, dovette trattenere il grido che voleva sprigionarsi dalla gola; ebbe l'impressione che quell'acqua volesse portar via quei fili luminosi, volesse spegnere quei raggi che lui non avrebbe mai più dimenticato, volesse portarsi quell'immagine verso i moli ed i mari.

Lo scosse lo strepitio di motori selvaggi fuori, proprio sotto la finestra del bagno. Si guardò allo specchio. Meglio radersi la barba; meglio evitare il fastidio di sentirsi dire le stesse cose ogni giorno. Era ora di uscire, meglio evitare il ritardo, meglio trovarsi già al banco allo scatto dell'orario. Avrebbe parlato ancora di quei primi, lontani "ismi" quella professoressa scapigliata?

Il richiamo di Manhattan

Gli specchi del paese avevano ripreso la loro solita funzione. Quelli che durante i giorni euforici si erano recati in bagno la mattina per essere sorpresi da qualche insolita parata di immagini e azioni sorprendenti, erano di nuovo costretti a vedere solo la propria fisionomia e squarci di pareti immobili e scolorite dietro le loro spalle. Quando finalmente uscivano di casa dopo mezzogiorno, avevano l'aria triste di persone che hanno perso qualcosa che aveva dato un senso alla loro esistenza. Camminavano per le vie del paese senza guardare in faccia a nessuno, raccolti in un loro mutismo impenetrabile. Alcuni di loro appena vedevano un carabiniere si avvicinavano e facevano le stesse domande che avevano fatto dopo le prime settimane della scomparsa del cucchiaio. Prima che il carabiniere finisse la solita scoraggiante frase, loro gli voltavano le spalle e rientravano nel loro mutismo

Anche il nonno continuava a fermare carabinieri o poliziotti durante le sue passeggiate e li costringeva, con il suo tipico modo incisivo, ad ascoltarlo. Quegli uomini dell'ordine non riuscivano ad evitare quello sguardo che li inchiodava in mezzo alla strada o alla svolta di una via; a volte sillabavano una frase generica che il nonno ignorava perché non aggiungeva niente e non modificava quel discorso che era iniziato la mattina della scomparsa del cucchiaio. Ogni incontro finiva con lo brontolio del nonno e con il doveroso saluto del funzionario interppellato. Poi un pomeriggio dopo la sua solita passeggiata, il nonno disse che non c'era altro da sperare da quelli che indagavano nel paese e nei dintorni; bisognava riprendere le altre tracce, ritornare a Manhattan.

Adriano arrivò a Manhattan un pomeriggio piovoso verso la fine di agosto. Il giorno dopo si recò al museo sperando di vedere non solo la scritta "The Estruscan Spoon" ma quella forma tanto richiesta da quell'uomo che l'aveva scavata. Ma Adriano vide solo la scritta. Niente era cambiato dall'ultima visita. Prima di lasciare il museo andò a bussare alla porta della direttrice che lo aveva accolto con tanta premura e gentilezza la prima volta. Ma nessuno rispose al suo bussare.

Erano già passate un paio di settimane quando una mattina uscendo dall'albergo sentì il suo nome. Si voltò e vide il direttore dell'albergo che avanzava verso di lui a passi lunghi e svelti. Nella mano destra aveva una busta.

Appena lo raggiunse, si scusò e gli porse la busta. Era la seconda volta che riceveva una lettera a quell'indirizzo. Riconobbe subito la calligrafia di sua sorella.

La seconda lettera

Caro Adriano,
avrei dovuto dirti certe cose qualche settimana fa! Ma lui era sempre lì pronto a saltarmi addosso e ad impormi di parlare solo di sciocchezze, di chi era nato o morto nel vicinato, o di chi si era finalmente divorziato. Si metteva a gridare e a dire che tu non ti dovevi preoccupare di noi. Voleva che tu ti preoccupassi solo di quell'oggetto. Solo quando parlava di te e di ciò che stai facendo lì negli Stati Uniti si riaccendeva nel suo sguardo quella scintilla che per me e per te era il segno della sua passione e dei suoi ricordi.

Tu eri l'unico che riusciva sempre a fargli la domanda che lo riportava nel suo passato e a momenti che non erano ancora sprofondati nell'abisso dell'oblio. Quante volte ti ascoltava e poi guardava in alto e si metteva a raccontare le sere accovacciato nella trincea e le canzoni che uno dei soldati cantava sottovoce. Scommetto che succede anche a te. Certi pomeriggi mentre sono totalmente coinvolta nel mio lavoro, mi fermo perché sento la sua voce che canta una di quelle canzoni. Ti ricordi? Questa era la sua preferita: "Son trenta giorni che vi voglio bene,/son trenta notti che non dormo più./Non ve ne addolorate,ma conviene/che non mi abitui ancora a darvi il "Tu."/No, cara piccina no,/così non va./Diamo un addio all'amore/se nell'amore è l'infelicità. A questo punto si fermava e poi riprendeva con: "Forse è l'addio se non verrò stasera,/piccina mai non aspettarmi più./Addio mio sogno, addio mia primavera,/nel dirti addio ti voglio dare il "Tu". Chissà perché fra le tante cose di quegli anni così sconvolgenti quella canzone era sempre lì a venir fuori dal taglio che la tua domanda riusciva a tracciare nella sua memoria? Di quei giorni trascorsi sull'orlo dell'abisso bellico non aveva mai dimenticato il soldato Eusebio, quello che cantava le canzoni imparate da sua sorella che le suonava al pianoforte la sera nel salotto della loro casa di Monterosso, sulla costa ligure. Diceva che Eusebio andava sempre mormorando qualche motivo. Ti ricordi quella volta che arrivò a dire che forse quel mormorare di Eusebio era il suo modo di sentirsi lontano dalle grida dei feriti e dagli occhi sbarrati verso il cielo lontano? Dopo una di quelle frasi di solito si alzava e usciva. Se qualcuno si alzava per accompagnarlo lui sporgeva la mano sinistra e muoveva l'indice per far capire che voleva stare solo, non voleva che qualcuno interrompesse l'itinerario dei suoi pensieri con qualche parola banale. Io e te andavamo subito alla finestra per vedere quale via prendeva, per notare se guardava in alto o se fissava lo sguardo a terra come se volesse polverizzare le pietre sparse lungo la via e tagliare la superficie terrena.

Tu avrai già intuito la notizia nascosta dietro questo mio ricordare dei nostri giorni insieme a lui. Per adesso, però, parlando di lui non sono ancora pronta a vedere certe parole scritte su una superficie bianca.

(Sapendo che adesso tu via in giro da un museo all'altro, mi ha fatto pensare a Lucio Fontana; quel suo taglio alle tele mi ha sempre affascinata. Chissà cosa vedeva Fontana in quel taglio? Era un modo di entrare in un altro mondo o di uscirne, o di liberarsi di qualcosa? Ne possiamo parlare quando ritorni.)

Ti abbraccio!
Angelica

Le parole di sua sorella lo riportarono a quei giorni ormai così lontani.

Quella mattina Adriano, seduto davanti al nonno, era appena riuscito a sopprimere gesti che avrebbero rivelato la sua voglia di fissare finalmente gli occhi su quell'oggetto ancora protetto dalle felci imbrunite. Le dita lunghe e ossute del nonno si avvicinavano agli steli sfiorandoli, poi sempre riluttanti ne prendevano uno e lentamente lo spostavano a sinistra, un altro lo ponevano a destra. Gli occhi scattanti erano attenti ad ogni minimo respiro tra le foglie d'erba prima che le dita continuassero a toccare gli ultimi steli e rivelassero il manico sezionato con l'incavo convesso all'estremità. Le domande del nonno, sempre insinuanti, quella mattina erano addirittura sconvolgenti.

Con il cucchiaio esposto tra le felci imbrunite, quella mattina voleva sapere cosa aveva imparato durante tutti quegli anni di studi; cosa poteva dirgli di quelle incisioni lungo il manico. Esigeva una risposta, una spiegazione che lo avrebbe portato a capire qualcosa di quel cucchiaio oltre la sua reazione soggettiva. Poi il nonno gli raccontò che aveva fatto varie notti lo stesso sogno: un esercito di grosse formiche rosse calava lungo le quattro pareti della camera e colonna dopo colonna da tutti i lati invadeva, l'unica meta, l'armadio e lo trasformava in una grossa formica rossa. La prima notte aveva avuto paura e si era svegliato, ma non aveva aperto gli occhi. Avrebbe visto l'armadio? Avrebbe potuto aprirlo e toccare ancora l'involucro?

Dopo quei sogni si rese conto che non poteva lasciarlo nascosto sotto quel cumulo di panni; alla fine di ogni lunga notte si faceva sempre più chiara la prossima mossa; doveva mostrarlo, doveva rivelarlo e parlarne con qualcuno. Ma prima di farlo, ci aveva pensato e ripensato; aveva cercato di anticipare le diverse possibili conseguenze prima di aprire l'armadio e riportare l'involucro alla luce. Solo molto tempo dopo capì che tutte le sue anticipazioni si erano rivelate fumose; aveva dovuto accettare il fatto che i suoi pensieri erano semplici illusioni lontane dalla realtà, la quale si era rivelata, come al solito, imprevedibile, sorprendente, e indifferente.

Dopo anni e tanti diversi eventi, ogni volta che raccontava un aneddoto o una sua avventura, ci teneva a far capire che quando si decide di allargare il cerchio e di lasciare entrare un vario numero di altri nello spazio soggettivo, bisogna aspettarsi del tutto, anche cose mai immaginate.

Il silenzio ferito

Adriano si svegliò verso le sette e alle otto e mezza era
già fuori davanti all'albergo, voleva trovarsi fra tutta quella gente che si muove a quell'ora per recarsi nei diversi
grattacieli e raggiungere gli uffici e le scrivanie per svolgere il loro lavoro quotidiano. Da vicino all'entrata
dell'albergo notò che il traffico lungo la Seventh Avenue
sembrava lo stesso della sera prima; anche nella luce del
sole il giallo dei tassì dominava sugli altri colori di macchine e di camion. Dove bisognava andare per vedere cose
diverse da un giorno all'altro, dall'oscuro della notte alla
luce del giorno? Guardò in alto e vide che qualcosa diversa
si poteva notare proprio lì: il cielo era limpido come non
l'aveva mai visto da quando aveva messo piede sull'isola;
il vento aveva soffiato via non solo le nuvole ma anche il
velo di aria inquinata che di solito aleggiava fra i vuoti architettonici di quella costruzione artificiosa. Sembrava una
giornata lontana, di tanto tempo fa, fatta proprio a misura
per l'isola. Notò che lui non era l'unico a guardare in alto.
Anche quelli che avevano un orario e una meta precisa da
raggiungere d'improvviso, senza fermarsi, volgevano lo
sguardo in alto e un sorriso spuntava sulle loro labbra per
quella giornata settembrina così splendida e così insolita.

Decise di incamminarsi verso la 57esima strada dove
doveva incontrarsi con Hester. Si erano rivisti dopo anni e
si erano dati appuntamento quel giorno di settembre. Dopo solo alcuni passi, notò che un tassì si era fermato in
mezzo alla strada e il tassista aveva aperto la portiera ed
era uscito fuori e guardava in alto; gli sembrò strano dato
che nel tassì si vedeva un passeggero con lo sguardo fisso
in avanti; notò che altri due tassì s'erano fermati, ma i tas-
sisti non erano usciti fuori, stavano seduti con lo sguardo
fisso sul cruscotto dei tassì; notò che un camion con la
scritta *Macy's Furniture* s'era fermato e l'autista guardava
in avanti senza muoversi; notò che tutti gli altri tassì si
fermavano uno dopo l'altro e tutte le altre macchine e tutti

i camion. Seventh Avenue era immobile, il traffico che non si fermava mai, né di giorno né di notte, si era fermato. Vide un gruppo di gente che veniva fuori dai negozi già con gli occhi volti verso l'alto; guardò in alto anche lui ma vide solo il cielo limpido e lontano. Una donna anziana seduta in una macchina blu aveva spalancato la portiera e aveva acceso la radio a tutto volume; tutti quelli fermi sul marciapiede corsero verso quella macchina; Adriano li seguì senza sapere veramente perché lo stesse facendo; altre macchine avevano abbassato i vetri e avevano alzato il volume delle radio; si sentiva solo un continuo alternarsi di voci, ma non si riusciva ad afferrare parole o frasi complete e comprensibili. Decise di avvicinarsi ad un tassì dove c'era solo il tassista che si guardava intorno come se cercasse qualcosa o qualcuno ma non riusciva a trovarlo; dalla sua radio usciva la voce di una donna che dopo una lunga pausa diceva che un aereo si era schiantato contro una delle torri del *World Trade Center*; continuava a ripeterlo, come se volesse lei stessa capirlo e accettarlo; dopo un'altra pausa disse che nessuno sapeva ancora come era successo. Lui notò che il perenne movimento che aveva visto gli altri giorni si era arrestato; nessuno si muoveva sui marciapiedi, tutti i veicoli erano fermi lungo la Seventh Avenue, la strada era un tappeto giallo punteggiato da macchine nere grigie bianche blu; l'unica cosa che ancora si muoveva nell'aria era la confusione delle voci emesse da tutte le radio dei veicoli, e l'unica cosa che si distingueva in quella confusione babelica era il fatto che un aereo si era schiantato in una delle torri gemelle. Lui si guardava attorno senza sapere esattamente perché, senza sapere cosa cercasse, e senza sapere quando tempo fosse già passato, era come se il tempo si fosse arrestato, come si era arrestato il movimento del traffico.

Da una delle radio si sentì una voce più acuta; cominciava una frase, poi si fermava come se non avesse le parole per dire ciò che doveva dire e allora ricominciava con altre parole e finalmente riusciva a dire che un secondo aereo si era diretto sull'altra torre. Lui vide per la prima volta in vita sua l'effetto della paura negli occhi della persona che ti sta accanto e ti guarda come tu guardi lui e capisci che lui sta vedendo la sua paura riflessa nei tuoi occhi. Ma se qualcuno in quel momento gli avesse chiesto di cosa aveva paura lui non glielo avrebbe saputo dire; aveva paura, una paura atavica, una paura che ognuno porta con sé sepolta da tanti secoli di storia; poi una mattina di settembre sotto un cielo limpido quella paura irrompe nei meandri del tuo cranio e ti riporta tra vallate apparentemente deserte e pericolose o in qualche selva oscura e ti rivela che la tua esistenza è in pericolo, che da qualche parte si avvicina qualcosa o qualcuno che a tua insaputa si muove per venerti incontro e per farti del male.

Guardò in alto e vide che il cielo era ancora limpido e lontano; le voci delle radio erano diventate ancora più confuse; le sirene avevano cominciato a gridare. Ritornò sul marciapiede e si fermò davanti ad un negozio di elettrodomestici. Nella straniante babele delle radio e della gente che si muoveva da una macchina all'altra, cercando di capire, cercando una voce che dicesse l'opposto di tutte le altre voci, notò che il traffico si muoveva di nuovo come s'era mosso tutti gli altri giorni. Guardò verso il nord poi girò lo sguardo verso il sud. Non sapeva veramente cosa stesse cercando. Aveva dimenticato che stava aspettando Hester. Si girò verso la vetrina del negozio di elettrodomestici. Nella vasta vetrina vide cinque piani di televisori tutti accesi. Su ogni schermo c'era solo la nuvola nera che aleggiava nello spazio vuoto.

Non riuscirà mai a dire quanto tempo restò davanti a quegli schermi. Ad un certo punto si accorse che Hester era accanto a lui e che gli aveva preso la mano sinistra e gliela stringeva al ritmo ansioso delle sirene che gridavano. Aveva detto qualcosa? Un buongiorno? Sarebbe stato assurdo! S'era avvicinata in silenzio in tutto quell'assordante rumore di sirene. Adriano si rese conto, però, che lei diceva qualcosa. Senza capire le sue parole, la seguì. La mano aveva smesso il ritmo costante. Ma era ancora stretta. Non lo lasciava. A volte si dovevano fermare perché c'era gente che camminava guardando in alto e così si scontrava con altra gente che faceva la stessa cosa. Loro due avevano smesso di guardare in alto. Ormai era inutile, non si vedeva niente. C'era solo il cielo di un azzurro limpido e lontano, un cielo insolito per quell'isola.

Adriano continuò a seguirla come aveva fatto quel giorno quando lei si era alzata per scendere dall'autobus. Erano arrivati vicino all'entrata del parco. Lui, finalmente, si rese conto che Hester lo aveva preso per mano, era la prima volta, e quando si sentiva una sirena con un grido più acuto la stretta si faceva più forte.

"Vieni, entriamo nel parco."

S'inoltrarono nel verde di erba cespugli alberi.

"Vedi, oggi non c'è nessuno! Vieni! Sediamoci qui accanto a quest'albero."

Senza lasciargli la mano Hester si sedette sull'erba; Adriano, ancora all'impiedi, con la mano stesa in avanti, la guardava e cercava di capire la relazione fra quella donna che gli stringeva forte la mano e quella che gli aveva raccontato della nonna e di Billie Holiday. All'improvviso sentì una lieve scossa attraverso tutto il corpo. Sentì un impulso di prenderla, lì sotto l'albero; voleva buttarsi sul quel corpo e non sentire più le sue parole. Adriano chiuse gli occhi e vide le sue mani che strappavano via le vesti di quella donna seduta sull'erba; gli occhi fissavano il seno agitato dalle disperate contorsioni del corpo vulnerabile in pieno giorno sotto l'ombra dell'albero; voleva straziarla. Voleva essere uno di quelli che girano nel parco in cerca di prede. Aprì gli occhi. Lei lo guardava e gli stringeva ancora la mano.

"Siediti! Restiamo qui fino a quando le sirene smettono di gridare!"

Gli sbalzi del tempo

Dov'erano quelle grida di sirene prima così invadenti? Scomparse, perse tra gli spazi che reggevano i grattacieli! Ma il museo era lì, solido. Il traffico della *Quinta Strada* scorreva verso il sud, si interrompeva solo ai semafori, che continuavano il loro ritmo di sempre. Davanti alla scalinata esterna le solite due fila si muovevano senza impulso. Avvicinandosi alla prima fila ebbe la sensazione di aver messo piede in un capovolgimento temporale; quelli che salivano distrattamente la scalinata parlavano con gli stessi accenti e facevano gli stessi gesti di quelli del giorno prima; ogni parola ed ogni gesto si svolgeva come se fosse proiettata da un rallentatore invisibile. Quasi tutti avevano gli auricolari; alcuni si giravano da un lato all'altro come se cercassero qualcosa; altri torcevano il corpo seguendo evidentemente il ritmo della musica che stavano ascoltando. Fermo sul primo scalino, voleva gridare, ma non riuscì a sciogliere il grido che gli restò come un nodo in gola. Avrebbe dovuto comprare anche lui uno di quegli apparecchi da infilare nelle orecchie, invece aveva scelto di criticare quelli che li portavano da quando si svegliavano a quando ritornavano a letto. Ma ascoltare musica, per Adriano, voleva dire fermarsi da qualche parte per quanto durava un pezzo classico o di jazz o di rock, apprezzarne le qualità intrinseche, e poi riprendere l'attività interrotta, il lavoro la lettura la conversazione o semmai la contemplazione. Invece quelli andavano in giro tutto il giorno ascoltando un pezzo dopo l'altro, lasciandosi inondare da ritmi e suoni contrastanti diventati indistinti in quel contesto. Ma forse quelli avevano capito qualcosa che a lui era sfuggita. Non era musica quella che quei fili portavano nei meandri auricolari, era una barriera sonora che ognuno di loro aveva costruito scegliendo i pezzi che si susseguivano ininterrottamente durante le ore sveglie, una barriera che li proteggeva da quello che succedeva nella realtà presente al di là del loro spazio diminuitivo. Forse avevano ragione, era meglio ascoltare suoni e ritmi indistinti che sirene assordanti dirette verso il pericolo e la morte.

Era davanti alla scalinata interna quando si accorse che aveva fra le mani il biglietto d'ingresso, ma non riusciva a ricordare quando o dove l'aveva preso. Fino a quel momento non si era nemmeno accorto del tipico rumore di tutti i musei del mondo, poi come se si stesse svegliando ai suoni del giorno, sentì il solito vocìo dei musei, era come un'onda che appena appena s'increspava sorretta da una base solida; infatti ogni volta che qualche punta voleva ergersi e distinguersi veniva immediatamente tirata giù dalla fascia continua del rumorìo indistinto, vivo in ogni sala. Chi gli aveva dato la cartina del museo? Accanto a lui c'erano due donne che si guardavano fisse negli occhi e sussurravano. Afferò solo la parola, "la cartina." Si voltò e mise la cartina fra le mani della donna più vicina a lui. Smisero di sussurrare e si allontanarono mute verso i sarcofaghi egiziani.

Dalla scalinata scendeva una donna con un vestito rosa e capelli neri e lunghi sparsi sulle spalle. Adriano l'aveva già vista da qualche parte, ma non riusciva a ricordare dove. Accanto alla donna c'era un uomo grasso con la schiena che sembrava nuda rivolta verso il basso, ma non si capiva se fosse fermo o stesse salendo la scalinata. Adriano andò verso sinistra per raggiungere la sala dove avrebbe rivisto gli oggetti etruschi. Si fermò davanti ai vasi greci che aveva visto tante altre volte, sempre lì fermi dietro i vetri. Si chiese perché stava ritornando ancora una volta in quella sala. Avrebbe visto tutti gli oggetti che aveva già visto tante altre volte. E avrebbe visto il vuoto e la scritta che appunto indicava l'assenza del solo oggetto che lui sperava di rivedere.

Le ombre rosse

Una mattina sull'autobus che lo portava verso il museo, proprio mentre premeva il bottone d'avviso per la prossima fermata, Adriano chiuse gli occhi e vide proiettato su uno schermo lo svolgersi di un suo pensiero assillante: quelli che parlano dicono parole senza nessuna sostanza, parole che spuntano né da pensieri comprensivi ed articolati laboriosamente né da sentimenti scavati e irrequieti e restii ad essere espressi, ad essere spezzettati e ricostruiti netti e incisivi. Allora perché fermarsi ancora ad ascoltare voci dai toni formalmente piagnucolosi; voci che ormai snocciolano solo parole e frasi preconfenzionate; frasi diafane che scivolano da bocca e svaniscono con il vento, svaniscono perché manca in esse un intoppo, manca il minimo accenno ad una costruzione verbale che costringa a guardarsi intorno e a riflettere? Voleva dire che erano anche scomparsi per sempre i giorni quando si era fermato ad ascoltare la voce di qualche familiare che riusciva a trattenere le lacrime e a volte con monosillabe a volte con frasi tronche rispondeva a domande indiscrete poste dai tanti telegiornalisti sempre in giro come avvoltoi attorno alla preda. Ma era successo che anche i familiari a furia di trovarsi circondati da giornalisti ogni volta che uscivano di casa ripetevano le stesse cose. Nelle loro parole non si sentiva più la rabbia verso tutto e tutti quelli che avevano contribuito direttamente o indirettamente a creare quella disastrosa situazione. Invece di invocare giustizia da tutte le parti, molti familiari avevano raggiunto il punto che coincideva con quello espresso da chi voleva dimenticare, voleva voltare pagina e riprendere a svolgere le faccende quotidiane e necessarie richieste dalla vita, ignorare tutti gli abissi che la morte aveva spalancato. Poi una sera in un ristorante un suo amico gli disse di aver sentito dire di alcuni familiari delle vittime che non parlavano; erano quei pochi che non si erano lasciati coinvolgere dalle distorsioni proproste ogni giorno da tutte le parti constrastanti. Allora si mise a cercarli per la città e per i sobborghi. Prendeva un autobus o una linea del subway, scendeva, e camminava per le strade affollate di Brooklyn o di Queens o per le strade deserte dei paesi del New Jersey. Ritornava all'albergo frustrato e si sentiva sconfitto. Ogni giro si era rivelato inutile. Poi una mattina si svegliò più tardi del solito e decise di recarsi dove prima o dopo, forse, li avrebbe visti arrivare. E non passarono molti giorni quando una mattina piena di sole appoggiato ad un palo che sosteneva il recinto di "Ground Zero" vide una coppia, poi una donna sola, poi un uomo con una ragazza che si avvicinavano con passi lenti e tardi, si fermavano e restavano immobili con lo sguardo rivolto ad un punto dove forse solo loro vedevano ancora qualcosa. Nessuno si avvicinava, nessuno faceva domande. I giornalisti più agguerriti giravano alla larga.

Quella sera quando entrò nella sua camera all'albergo vide una busta sul tavolino in mezzo alla stanza. Come le altre volte riconobbe subito la calligrafia di Angelica.

La terza lettera

Caro Adriano,

stamattina quando sono tornata dall'ufficio postale, non so proprio perché, appena sono rientrata in casa, senza rendermene conto, mi sono trovata nella sua camera. Non ho nemmeno aperto le imposte, mi sono mossa nel buio ed ho aperto l'armadio. Forse volevo ancora sentire il suo odore inconfondibile raccolto nelle sue giacche e nel suo cappotto vecchio di cinquantanni, volevo illudermi di dover ancora mettere le sue cose dove aveva scelto di metterle lui, dove le avrebbe sempre trovate all'accorrenza. Non ho toccato niente, voglio che resti tutto così, fra mesi e anni voglio riaprire l'armadio e voglio sentire ancora la sua presenza in quella roba che lui ha indossato per tanto tempo. Ho chiuso l'armadio e, di nuovo non so spiegarmi perché, mi sono trovata davanti al comodino a sinistra del letto. Ho aperto il

tiretto. Fra pezzi di spago, un cucchiaino con il manico arruggi-
nito, quattro carte da gioco, due cartoline da New York con il tuo
nome, ho trovato un involucro di due fazzoletti bianchi non an-
nodati. L'ho sfiorato con le dita e a quel punto mi ha incuriosito
la forma dei fazzoletti, formavano un rettangolo; dentro ci ho
trovato un foglio di carta piegato in quattro. Non c'era un nome
o altro scritto sulla parte esposta, perciò non mi sono sentita in
colpa quando ho deciso di dispiegarlo.

Questo pomeriggio ne ho fatto una fotocopia e sono riandata
all'ufficio postale per spedirti l'originale. Come vedrai non c'è il
tuo nome, ma sono sicura che lui avrebbe voluto che tu lo legges-
si. Io l'ho letto e riletto parecchie volte e continuerò a farlo perché
leggendolo era come se fossimo stati tutti, io tu e lui, ancora se-
duti in giardino, lui a parlare, noi ad ascoltare; mi è sembrato
sentire la sua voce che cambiava tono e modificava ritmo per far-
ci capire, per condurci dove lui sperava che noi arrivassimo. Ma
come allora anche questa volta bisogna seguirlo parola per paro-
la, frase per frase. Comunque lo dovrò rileggere ancora per poter
risolvere certe cose.

Ti abbraccio!
Angelica

Le parole del nonno

"Certe notti fai sogni che vorresti dimenticare appena i
primi fili lucenti schiariscono le imposte chiuse delle finestre. Incubi! Ti mettono tanta paura addosso che ti fanno
notare solo la parte storta delle cose più belle del mondo.
Ieri notte invece ho fatto un sogno assai diverso. Niente di
assurdo, niente di sconosciuto. Un sogno, forse, ancora più
strano di un incubo. (Starà a voi decidere quando leggerete
questo biglietto.) Nel sogno era come se avessi gli occhi
aperti e qualcuno mi stesse dando delle indicazioni, mi
stesse dicendo cosa fare, e come. Io ho semplicemente ubbidito.

"Mi sono alzato dal letto e mi sono trovato davanti all'armadio. Era aperto; ho steso la mano destra sotto il cumulo di panni ed ho tirato fuori l'involucro di felci. Non ho pensato di dispiegare le felci e l'asciugamano per vedere ancora una volta le incisioni. Strano! Comunque ho preso l'involucro e mi sono trovato fuori, sulla via deserta ma illuminata; una via di solito sempre semibuia, mai raggiunta pienamente dai fievoli raggi dell'unica lampadina appesa al punto estremo, dove la via s'incurva e prende un nome diverso. Nel sogno quella era l'unica via splendente nella notte. Tutti gli altri lampioni erano spenti, e il paese era avvolto dal buio. Io, però, ci vedevo benessimo; ogni mio passo in avanti squarciava il buio, e i lati della via venivano sfiorati da una luce viola. Ad un tratto ho guardato verso sinistra; c'era una fila di case; ad ogni finestra del primo piano ho visto una testa di donna che si sporgeva oltre il davanzale. Camminavo sempre rivolto verso sinistra e vedevo altre finestre con altre teste di donne, tutte che si sporgevano oltre i davanzali, come se volessero avvicinarsi di più e sentire meglio i passi di chi camminava lungo quella via a quell'ora della notte. Ad un tratto ho sentito uno sbattito furioso di vetri; tutte le teste erano scomparse dalle finestre. Dietro i vetri mi è sembrato intravedere un pullurare di teschi.

"Mi sono trovato davanti alla fontana. Ho sentito una spinta che mi indirizzava verso la vasca; qualcosa mi spronava a buttarmi in quell'acqua ghiacciante. Steso nella vasca seguivo l'intreccio orizzontale e verticale delle travi che coprivano lo spazio circoscritto della fontana. Mi allontanavo dalla vasca; l'acqua scivolava via e lasciava dietro di me una traccia luminosa.

"Ero a due passi dall'entrata del cimetero. Cercavo di andare avanti ma qualcosa me lo impediva. Se c'era qualcosa, qualche ostacolo, io non lo vedevo. Però ogni volta che cercavo di fare un passo in avanti sentivo un dolore lancinante dall'alluce alla nuca. Ho alzato la mano e lentamente ho premuto l'indice dove pensavo che ci fosse quell'ostacolo invisibile ai miei occhi. Qualcosa c'era, ed era soffice alla pressione dell'indice; infatti il dito penetrava facilmente quel muro invisibile. Solo quando cercavo di fare un passo in avanti, il muro diventava un ostacolo duro. Non so perché ho deciso di spingere con le mani, e allora tutto si è mosso fino all'entrata del cimetero, non oltre.

"Ho salito gli scalini del cimetero e mi sono trovato in mezzo alle tombe. Non ero più inzuppato. Qualcosa aveva succhiato via tutta l'acqua ghiaccia della fontana, ed era scomparsa anche la traccia luminosa. Volevo fermarmi davanti ad una delle tombe ma non ho potuto. Dovevo camminare. Cercavo di leggere i nomi e scorgere le foto passando da un viale all'altro senza fermarmi. Ho fatto il giro di tutti i viali, sono passato davanti ad ogni tomba, ad ogni sepolcro.

"Mi sono trovato al di là del crinale. La valle punteggiata da alberi era scomparsa. C'erano invece delle casupole, tutte connesse, quasi ammucchiate, circondate da vicoli stretti e tortuosi. Mancavano porte e finestre da tutte le casupole. Ma su ogni tetto piatto c'era un'apertura che poteva far parte della canna fumaria del camino. Non mi ha sorpreso il fatto che non si sentiva nessuno, solo il silenzio tipico del sogno.

"Ero di nuovo a casa nella camera da letto; mi guardavo intorno; mancava qualcosa. Mi sono girato a sinistra ed ho visto la porta dell'armadio con lo specchio. Ho afferrato la maniglia, ho tirato e lo specchio mi è cascato addosso, ma sono riuscito a sorreggerlo, così non si è frantumato. Il resto dell'armadio era scomparso.

"Ero ritornato al di là del crinale. Non vedevo più le casupole. C'era invece una collina brulla. Mi sono reso conto che avevo ancora l'involucro di felci in mano. Non sapevo cosa dovevo fare. Mi sono girato verso destra e ho visto un'apertura, davanti c'erano dei massi disposti in varie forme geometriche.

"Ho sentito di nuovo una spinta; mi sono avvicinato ai massi in forma di triangolo. Ho sentito, non una voce, ma certamente un bisbiglio, un miscuglio di foglie e di polvere, che mi suggeriva di deporre l'involucro nel triangolo. Ho ubbidito. Poi ho voltato le spalle e mi sono lentamente allontanato. Dentro di me sentivo il desiderio di voltarmi, di dare un'altra occhiata all'involucro di felci con il cucchiaio e le sue incisioni. Ho rivolto lo sguardo verso il triangolo. Le tre fila di massi erano vuote. L'involucro era nel cerchio accanto al triangolo.

"Quando leggerete questo biglietto io non ci sarò più. Forse Adriano seguendo accenni e suggerimenti sarà riuscito a rintracciare quell'oggetto. Forse mentre scrivo questo biglietto lui avrà già fatto le ultime scale di quel museo e si starà avvicinando alla sala degli oggetti etruschi; entrando vedrà prima di ogni altra cosa quegli occhi e quel seno appena accennato. Vorrà prenderlo, come l'ho preso io quella mattina di tanto tempo fa, ma non glielo permetteranno. Dovrà accontentarsi di guardarlo attraverso la superficie trasparente. Forse! Ma forse quando Adriano entrerà in quella sala non vedrà niente. Meglio, vedrà solo l'indicazione: "The Etruscan Spoon"; vedrà il vuoto connesso a quell'indicazione; vedrà l'assenza. Chissà se si ricorderà di quella mattina quando siamo andati oltre il crinale, di quando lui ha visto le incisioni per la prima volta. Chissà se penserà che deve ritornare, che una mattina prima dell'alba deve arrivare anche lui oltre il crinale, che, — volevo scrivere ' deve calpestare' ma non servirebbe a niente esprimere rabbia — deve poggiare i piedi gentilmente sull'erba e sulle pietre mai assenti da quella valle. E forse, forse arriverà davanti a certe figure geometriche. E forse, lì potrà toccare felci ormai secchi e, forse, potrà vedere i capelli raccolti, le pupille, il seno, e forse...

"Forse solo gli angeli possono ritornare; solo loro si possono girare e volgere lo sguardo verso il punto d'origine, possono ignorare la bussola impazzita e aleggiare tra le diverse sfere verso quel luminoso empireo — quel punto tanto voluto da quell'uomo in esilio; quell'uomo che non poteva più camminare per le vie della sua città, la città tanto capricciosa, ma tanto amata. Noi invece ci troviamo su questo battello disancorato, ormai ubriaco. Guarda! E' la pianta che sbocciava gialla ogni primavera, sparsa per la montagna brulla; la pianta che tante volte hai creduto di vedere in qualche cortile desolato; la pianta che solo nella tua fantasia ti ha sempre riportato a quella fossa scomparsa tanto tempo fa. Eccola! Vedi? Vaga tra gli astri spenti, sradicata e lontana dalla terra umida e nera".

Springvale, Maine 2011

CROSSINGS
AN INTERSECTION OF CULTURES

Crossings is dedicated to the publication of Italian-language literature and translations from Italian to English.

Rodolfo Di Biasio
  Wayfarers Four. Translated by Justin Vitello. 1998. ISBN 1-88419-17-9. Volume 1.

Isabella Morra
  Canzoniere: A Bilingual Edition. Translated by Irene Musillo Mitchell. 1998. ISBN 1-88419-18-6. Volume 2.

Nevio Spadone
  Lus. Translated by Teresa Picarazzi. 1999. ISBN 1-88419-22-4. Volume 3.

Flavia Pankiewicz
  American Eclipses. Translated by Peter Carravetta. Introduction by Joseph Tusiani. 1999. ISBN 1-88419-23-2. Volume 4.

Dacia Maraini
  Stowaway on Board. Translated by Giovanna Bellesia and Victoria Offredi Poletto. 2000. ISBN 1-88419-24-0. Volume5.

Walter Valeri, editor
  Franca Rame: Woman on Stage. 2000. ISBN 1-88419-25-9. Volume 6.

Carmine Biagio Iannace
  The Discovery of America. Translated by William Boelhower. 2000. ISBN 1-88419-26-7. Volume 7.

Romeo Musa da Calice
  Luna sul salice. Translated by Adelia V. Williams. 2000. ISBN 1-88419-39-9. Volume 8.

Marco Paolini & Gabriele Vacis
  The Story of Vajont. Translated by Thomas Simpson. 2000. ISBN 1-88419-41-0. Volume 9.

Silvio Ramat
  Sharing A Trip: Selected Poems. Translated by Emanuel di Pasquale. 2001. ISBN 1-88419-43-7. Volume 10.

Raffaello Baldini
  Page Proof. Edited by Daniele Benati. Translated by Adria Bernardi. 2001. ISBN 1-88419-47-X. Volume 11.

Maura Del Serra

Infinite Present. Translated by Emanuel di Pasquale and Michael Palma. 2002. ISBN 1-88419-52-6. Volume 12.

Dino Campana

Canti Orfici. Translated and Notes by Luigi Bonaffini. 2003. ISBN 1-88419-56-9. Volume 13.

Roberto Bertoldo

The Calvary of the Cranes. Translated by Emanuel di Pasquale. 2003. ISBN 1-88419-59-3. Volume 14.

Paolo Ruffilli

Like It or Not. Translated by Ruth Feldman and James Laughlin. 2007. ISBN 1-88419-75-5. Volume 15.

Giuseppe Bonaviri

Saracen Tales. Translated Barbara De Marco. 2006. ISBN 1-88419-76-3. Volume 16.

Leonilde Frieri Ruberto

Such Is Life. Translated Laura Ruberto. Introduction by Ilaria Serra. 2010. ISBN 978-1-59954-004-7. Volume 17.

Gina Lagorio

Tosca the Cat Lady. Translated by Martha King. 2009. ISBN 978-1-59954-002-3. Volume 18.

Marco Martinelli

Rumore di acque. Translated and edited by Thomas Simpson. 2014. ISBN 978-1-59954-066-5. Volume 19.

Emanuele Pettener

A Season in Florida. Translated by Thomas De Angelis. 2014. ISBN 978-1-59954-052-2. Volume 20.

www.ingramcontent.com/pod-product-compliance
Lightning Source LLC
Chambersburg PA
CBHW020652260626
47157CB00008B/3003